Oscar Wilde

Le millionnaire modèle

et autres contes

Traduit de l'anglais et annoté
par François Dupuigrenet Desroussilles

Gallimard

Ces contes sont extraits d'*Œuvres* (collection Bibliothèque de la Pléiade, Éditions Gallimard). Les contes intitulés « Le Rossignol et la Rose » et « L'Insigne Pétard » sont issus du recueil *Le Prince Heureux et autres contes*. Les contes intitulés « L'anniversaire de l'Infante » et « Le jeune Roi » sont issus du recueil *Une maison de grenades*.

« Je serai poète, écrivain, dramaturge. D'une façon ou d'une autre, je serai célèbre, quitte à avoir mauvaise réputation. » Oscar Wilde était un homme de parole : il fut poète, écrivain et dramaturge, il eut une mauvaise réputation et il est célèbre.

Oscar Wilde naît en octobre 1854 dans une famille d'Irlandais catholiques à Dublin. Son père, sir William Wilde, est médecin, spécialiste incontesté des maladies des yeux et des oreilles ; il est aussi féru de folklore irlandais et d'archéologie. Sa mère, Jane Francesca Elgee, s'est découvert une vocation de poète et écrit sous le pseudonyme de Speranza.

Le jeune Wilde, élève brillant, entre au Trinity College de Dublin avec une bourse, puis à Oxford où il assiste aux cours de John Ruskin et de Walter Pater, entre autres, et suit des études classiques : histoire ancienne, philosophie et littérature. Il commence à voyager et découvre l'Italie et la Grèce. Refusant d'abréger son séjour pour regagner l'université au début du semestre, il est renvoyé. Ce qui ne l'empêche pas d'obtenir brillamment son diplôme en 1878, année au cours de laquelle il reçoit le Newdigate Prize pour son poème *Ravenne*. Il s'installe à Londres et fréquente les milieux élégants intellectuels. Il fait ainsi la connaissance de Sarah Bernhardt et, séduit par les comédiennes qu'il fréquente, décide de devenir auteur dramatique. Il compose sa première tragédie, *Véra, ou Les Nihilistes* (1879) ; créée à New York, ce sera un échec. Il se fabrique une image d'esthète : familier des expositions, il se dit critique d'art et affiche son goût pour les fleurs de lys et les tournesols ; ses tenues vestimentaires de dandy font fureur... Oscar Wilde est à la mode. Après avoir publié un recueil de poésies à compte d'auteur, il fait une tournée de conférences sur « l'esthétisme » aux États-Unis, avant de séjourner à Paris où il rencontre Hugo, Daudet, Zola, Edmond de Goncourt (qui le décrit comme « un individu de sexe douteux »), Verlaine, et les peintres Pissarro, Degas et Jacques-Émile Blanche. De retour à Dublin, il retrouve une vieille amie, Constance Lloyd, qu'il épouse en 1884. Le couple s'installe à Tite Street dans le quartier de Chelsea. L'année suivante, Wilde devient critique pour *The Pall Mall Gazette*, un grand quotidien, puis rédacteur en chef d'un magazine pour dames, *The Lady's World*. Deux fils naissent en 1885 et 1886. Cette même année, il se lie avec Robert Ross, un jeune étudiant de dix-sept ans qui est vraisemblablement son premier amant et sera son exécuteur testamentaire. Il déserte de plus en plus souvent le foyer conjugal.

Il fait paraître un volume de contes, *Le Prince Heureux et autres contes* (1888), accueilli avec éloges, mais c'est l'année 1890 qui marque véritablement le début de la gloire avec la parution du *Portrait de Dorian Gray*, aussitôt suivie des parutions du *Crime de Lord Arthur Savile et autres contes* et d'*Une maison de grenades*, ainsi que d'un recueil d'essais critiques, *Intentions*. Un second voyage à Paris lui permet de rencontrer Mallarmé, Pierre Louÿs, Marcel Schwob et André Gide. Juillet 1891 marque le début d'une liaison qui ne se terminera qu'à la mort de Wilde : Alfred Bruce Douglas, « Bosie », vient d'entrer dans sa vie. *L'Éventail de Lady Windermere* (1892) est créé triomphalement, mais *Salomé* est interdit de représentation, sous prétexte qu'il met en scène des personnages bibliques. L'année suivante, on crée à Londres *Un mari idéal* qui reçoit un accueil chaleureux, et *De l'importance d'être constant* le 14 février 1895.

C'est ce jour-là que choisit lord Queensberry, le père d'Alfred Douglas, pour faire un scandale public autour de la liaison passionnée et orageuse de son fils avec l'écrivain. Accusé de sodomie, Wilde, sous l'influence de Douglas qui règle ses comptes avec son père, porte plainte pour diffamation, malgré les conseils de prudence de ses amis. La cour donne raison à lord Queensberry ; Wilde est arrêté et jugé, mais les membres du jury ne parviennent pas à se mettre d'accord sur un verdict. Il faudra un troisième procès pour qu'il soit déclaré coupable d'« actes indécents » et condamné à la peine maximale : deux ans de travaux forcés. Il paie pour ses extravagances et ses provocations dans une société victorienne hypocrite et puritaine.

Wilde séjourne dans plusieurs prisons avant de finir sa peine à Reading. Son visiteur le plus fidèle est Robert Ross, alors que Douglas ne vient pas et ne lui écrit pas. Wilde en revanche rédige à son intention une longue lettre qui est connue sous le nom de *De profundis*. Au bout de quelques mois, son état de santé lui vaut d'être dispensé de travaux forcés proprement dits. Ne pouvant payer les frais de justice du procès contre Queensberry, il est condamné pour banqueroute et ses biens sont vendus aux enchères. Sa femme l'abandonne et change le nom de leurs enfants en « Holland ». Lorsqu'il quitte Reading en 1897, Oscar Wilde s'exile en Normandie sous le pseudonyme de Sebastian Melmoth. Il rédige *La Ballade de la geôle de Reading* (1898). Après de nouvelles ruptures et réconciliations, en août, il décide d'aller rejoindre Douglas à Naples. Puis, sans un sou, imbibé d'absinthe, il séjourne à Paris, rue des Beaux-Arts, parfois avec Douglas. En 1900, un abcès dentaire dégénère en méningite et Oscar Wilde meurt le 30 novembre après avoir reçu, à sa demande, l'absolution d'un prêtre catholique. Le convoi funèbre est composé de quelques artistes anglais et français, dont Pierre Louÿs ; Wilde est enterré au cimetière de Bagneux. Ses restes seront transférés au Père-Lachaise en 1909.

Le millionnaire modèle

En témoignage d'admiration

À qui ne possède pas de fortune, rien ne sert d'être un charmant garçon. L'aventure est le privilège des riches, non l'affaire des chômeurs. Les pauvres devraient rester pratiques et prosaïques. Mieux vaut disposer d'un revenu régulier que du pouvoir de fasciner. Ces grandes vérités de la vie moderne, Hughie Erskine ne les comprit jamais. Pauvre Hughie ! Nous devons bien reconnaître qu'il ne s'imposa guère par son esprit. Jamais il ne lui échappa un mot brillant, ou simplement malveillant. Mais aussi, il avait belle allure avec ses cheveux bruns ondulés, son profil nettement découpé, et ses yeux gris. Il plaisait aux hommes autant qu'aux femmes, et possédait tous les talents fors celui de gagner de l'argent. Son père lui avait légué son sabre de cavalerie et une *Histoire de la guerre d'Espagne* en quinze volumes. Hughie avait accroché le sabre au-dessus de son miroir, installé le livre sur une étagère entre le *Ruff's Guide* et le *Bailey's Magazine,* et vivait grâce aux deux cents livres de pension annuelle que lui versait une vieille tante. Il avait tout essayé. Pendant six mois il avait hanté la Bourse ; mais que pouvait un papillon au milieu des taureaux et des ours[1] ? Il avait, un peu plus longtemps, été marchand de thé, mais le pekoe et le souchong l'avaient bien vite lassé. Il s'était ensuite essayé au commerce du sherry sec, mais cela non plus n'avait pas marché : le sherry était décidément trop sec. Au bout du compte il n'était rien devenu du tout – juste un jeune homme incapable et délicieux, au profil parfait, sans profession.

Pour comble d'infortune, il était amoureux. La jeune fille dont il était épris se nommait Laura Merton. C'était la fille d'un colonel en retraite auquel les Indes avaient fait perdre sa bonne humeur et son appétit, et qui ne les avait jamais retrouvés. Laura adorait Hughie ; le jeune homme était prêt à baiser les lacets de ses souliers. Ils formaient le plus beau couple de Londres et n'avaient pas un sou vaillant à eux deux. Bien que le colonel aimât beaucoup Hughie, il se refusait catégoriquement à envisager des fiançailles.

« Mon garçon, quand vous aurez dix mille livres à vous, vous reviendrez me voir et nous aviserons », avait-il coutume de dire. Ces jours-

---

1. En anglais « *bulls and dogs* », expression qui, dans le jargon des boursiers, désigne les spéculateurs.

là, Hughie, l'air maussade, s'en allait retrouver Laura pour se faire consoler.

Un matin qu'il se rendait à Holland Park, où habitaient les Merton, il s'arrêta un instant chez le peintre Alan Trevor qui était un de ses grands amis. Peu de gens échappent à la peinture, de nos jours, mais Trevor était aussi un artiste, et les artistes ne sont pas légion. D'allure étrange et fruste, avec son visage criblé de taches de rousseur, sa barbe hirsute et fauve, dès qu'il prenait le pinceau ce n'en était pas moins un maître authentique, et on recherchait avidement ses tableaux. Il avait été très attiré par Hughie, et il faut bien reconnaître que la séduction naturelle du jeune homme fut d'abord l'unique responsable de cette attraction. « Un peintre ne devrait jamais connaître que des êtres beaux et stupides, capables de charmer artistement le regard sans que leur conversation fatigue l'intellect, soutenait-il. Dandies et cocottes mènent le monde, ou devraient le mener. » Pourtant, lorsqu'il connut mieux Hughie, il apprit à l'aimer aussi pour son entrain, son humeur enjouée, sa nature généreuse et hardie, au point de lui accorder la libre *entrée*[*1] de son atelier.

---

1. Les mots ou expressions en français dans le texte de Wilde sont en italique, suivis d'un astérisque (*NDÉ*).

Quand Hughie entra, il surprit Trevor en train de mettre les dernières touches à l'admirable portrait en pied d'un mendiant. Le mendiant en personne se tenait sur une estrade aménagée dans un coin de l'atelier. C'était un vieil homme rabougri, au visage parcheminé, à l'expression infiniment pitoyable. Les épaules couvertes d'un grossier manteau brun qui tombait en lambeaux, de gros souliers rafistolés aux pieds, il s'appuyait d'une main sur un bâton noueux et, de l'autre, tendait son chapeau cabossé pour demander l'aumône.

« Quel étonnant modèle ! murmura Hughie en serrant la main de son ami.

— Étonnant, mon modèle ? hurla Trevor à pleine voix. Je l'espère bien ! On ne trouve pas tous les jours des mendiants comme cela. Une *trouvaille, mon cher**, un Vélasquez en chair et en os ! Juste ciel ! Quelle eau-forte Rembrandt en aurait tirée !

— Le pauvre vieux ! dit Hughie. Comme il a l'air misérable ! Mais j'imagine qu'à vos yeux de peintre, son visage fait sa fortune ?

— Évidemment, répondit Trevor. Vous ne voudriez pas qu'un mendiant eût l'air gai, tout de même !

— Combien un modèle gagne-t-il pour poser ? demanda Hughie tout en choisissant un siège confortable sur le divan.

— Un shilling de l'heure.

— Et combien recevrez-vous pour votre tableau, Alan ?

— Pour celui-ci, deux mille !

— Deux mille livres ?

— Deux mille guinées. Peintres, poètes et médecins ne reçoivent que des guinées.

— Eh bien, je trouve que les modèles devraient recevoir un pourcentage, s'écria Hughie en riant. Ils travaillent aussi dur que vous.

— Sornettes, sornettes… Enfin quoi ! Songez à la peine que nous prenons rien que pour étaler la couleur et nous tenir debout devant le chevalet du soir au matin ! Vous en parlez à votre aise, Hughie, mais je vous assure qu'il est des moments où l'Art atteint presque à la dignité du travail manuel. Mais vous bavardez, alors que je suis fort occupé. Fumez une cigarette et tenez-vous tranquille. »

Après quelque temps le domestique entra et avertit Trevor que l'encadreur souhaitait lui parler.

« Ne vous enfuyez pas, Hughie, dit-il en sortant. Je serai de retour dans un instant. »

Le vieux mendiant profita de l'absence de Trevor pour se reposer un instant sur un banc de bois qui se trouvait derrière lui. Il avait l'air si malheureux, si lamentable, que Hughie ne put s'empêcher d'éprouver de la pitié pour lui.

Il tâta ses poches pour voir combien d'argent il avait sur lui mais ne put trouver qu'un souverain et quelques pièces de cuivre. « Pauvre vieux, il en a plus besoin que moi, songea-t-il à part lui. Mais il faudra se passer de cab pendant quinze jours. » Là-dessus il traversa l'atelier et glissa le souverain dans la main du mendiant.

Le vieillard tressaillit, et un léger sourire flotta sur ses lèvres flétries.

« Merci monsieur, dit-il. Merci. »

Trevor revint et Hughie prit congé, rougissant un peu de ce qu'il venait de faire. Il passa la journée avec Laura, qui le gronda délicieusement pour son extravagance, et dut rentrer à pied chez lui.

Ce soir-là, il entra au Palette Club vers 11 heures et trouva Trevor assis tout seul au fumoir, buvant du vin du Rhin coupé d'eau de Seltz.

« Eh bien, Alan, avez-vous achevé votre tableau comme vous le souhaitiez ? dit-il en allumant sa cigarette.

— Achevé et encadré, mon garçon ! répondit Trevor. D'ailleurs, vous avez fait une conquête. Ce vieux modèle que vous avez rencontré s'est entiché de vous. J'ai dû lui dire tout ce que je savais de vous – qui vous êtes, où vous habitez. Combien vous gagnez, quelles sont vos perspectives d'avenir…

— Mon cher Alan, s'exclama Hughie, je vais probablement le trouver chez moi à m'attendre quand je rentrerai. Mais vous plaisantiez, évidemment. Pauvre diable ! Je voudrais pouvoir faire quelque chose pour lui. Je trouve abominable qu'on puisse en arriver à ce degré de misère. J'ai des tas de vieux vêtements à la maison – croyez-vous que certains pourraient l'intéresser ? Vraiment, ses hardes tombaient en loques.

— Mais il a grande allure sous ses hardes, répondit Trevor. Pour rien au monde je ne le peindrais en habit. Ce que vous appelez hardes, pour moi c'est l'aventure. Ce qui vous semble pauvreté, à mes yeux paraît pittoresque. Je ne lui en ferai pas moins part de votre proposition.

— Alan, fit Hughie sérieusement, vous autres peintres n'avez pas de cœur.

— Le cœur d'un artiste ? mais c'est sa tête ! D'ailleurs, notre tâche est d'incarner notre vision du monde, non de réformer le monde tel que nous le connaissons. *À chacun son métier**. Et maintenant dites-moi comment se porte Laura. Le vieux modèle s'intéressait beaucoup à elle.

— Vous ne voulez pas dire que vous lui avez parlé d'elle ! dit Hughie.

— Bien sûr que si. Il sait tout de l'inflexible colonel, de la jolie Laura et des dix mille livres.

— Vous avez parlé à ce vieux mendiant de mes affaires privées ? s'écria Hughie, très rouge et très colère.

— Mon cher garçon, dit Trevor en souriant, ce vieux mendiant, comme vous l'appelez, est un des hommes les plus riches de l'Europe. Il pourrait acheter tout Londres demain sans que son compte fût débiteur. Il possède une maison dans chaque capitale, dîne dans de la vaisselle d'or et peut empêcher la Russie d'entrer en guerre quand il veut.

— Que diable voulez-vous dire ? s'exclama Hughie.

— Ce que je viens de vous dire, répondit Trevor. Le vieillard dont vous avez fait la connaissance dans mon atelier était le baron Hausberg. C'est un grand ami à moi. Il achète tous mes tableaux, ce genre de choses. Il y a un mois, il m'a passé commande d'un portrait de lui en mendiant. *Que voulez-vous ? La fantaisie d'un millionnaire*[*] ! Et je dois dire qu'il campait un magnifique personnage sous ses hardes, ou peut-être devrais-je dire les miennes. Il s'agissait d'un vieux costume que j'avais acheté en Espagne.

— Le baron Hausberg ! s'écria Hughie. Juste ciel ! Et je lui ai donné un souverain ! » Il offrait l'image même du désarroi et s'effondra sur un fauteuil.

« Vous lui avez donné un souverain ! rugit Trevor, et il éclata d'un rire tonitruant. Mon cher garçon, vous ne le reverrez plus jamais. *Son affaire c'est l'argent des autres*.

— Je trouve que vous auriez pu me prévenir, Alan, dit Hughie d'un air morose, et m'éviter de me rendre ridicule.

— Eh bien, pour commencer, Hughie, il ne m'était jamais venu à l'esprit que vous aviez l'habitude de distribuer vos aumônes de façon aussi inconsidérée. Je peux comprendre que vous embrassiez un joli modèle, mais quant à donner un souverain à un si vilain… par Jupiter, non ! D'ailleurs, aujourd'hui je n'étais chez moi pour personne, et quand vous êtes entré je ne savais pas si Hausberg aurait souhaité que son nom fût prononcé. Vous comprenez, il n'était pas en grande tenue.

— Il a dû me trouver bien sot ! dit Hughie.

— Pas du tout. Il était d'excellente humeur après votre départ. Il riait tout seul et frottait ses vieilles mains ridées. Je n'arrivais pas à comprendre pourquoi il tenait tellement à tout savoir sur vous, mais j'y suis maintenant. Il va investir votre souverain pour vous, Hughie, tous les six mois il vous en paiera l'intérêt et il aura une histoire sensationnelle à raconter après dîner.

— Je joue de malchance, grommela Hughie.

La meilleure chose que je puisse faire est d'aller me coucher. Mon cher Alan, vous ne devez rien dire à personne. Je n'oserais plus me montrer dans le Row.

— Sornettes ! Cela fait le plus grand honneur à votre esprit philanthropique, Hughie. Et n'allez pas vous enfuir. Prenez une autre cigarette, et vous pourrez parler de Laura tant que vous voudrez. »

Mais Hughie, qui ne voulait pas rester, rentra chez lui à pied. Il se sentait très malheureux ; Alan Trevor ne se tenait plus de rire.

Le lendemain matin, comme Hughie prenait son petit déjeuner, son domestique lui apporta une carte sur laquelle on pouvait lire : « Monsieur Gustave Naudin, *de la part de*[*] M. le baron Hausberg. » « Je suppose qu'il vient demander des excuses », se dit Hughie, et il pria le domestique de faire monter son visiteur.

Un vieux monsieur aux cheveux gris, qui portait des lunettes à monture d'or, dit avec un léger accent français : « Ai-je l'honneur de m'adresser à monsieur Erskine ? »

Hughie s'inclina.

« Je viens de la part du baron Hausberg, continua-t-il. Le baron…

— Je vous supplie, monsieur, de lui présenter mes excuses les plus sincères, balbutia Hughie.

— Le baron, dit le vieux monsieur avec un

sourire, m'a chargé de vous apporter cette lettre », et il lui tendit une enveloppe scellée.

Sur cette enveloppe on lisait : « Cadeau de mariage à l'intention de Hugh Erskine et Laura Merton de la part d'un vieux mendiant », et à l'intérieur se trouvait un chèque de dix mille livres.

Quand ils se marièrent, Alan Trevor fut leur témoin et le baron prononça un discours lors du déjeuner de noces.

« Les modèles millionnaires sont bien rares, fit remarquer Alan, mais par Jupiter, les millionnaires modèles le sont encore plus. »

Le Rossignol et la Rose

« Elle a dit qu'elle danserait avec moi si je lui apportais des roses rouges, s'écria le jeune Étudiant, mais dans tout mon jardin il n'y a pas une rose rouge. »

Depuis son nid dans le chêne vert, le Rossignol l'entendit. Il jeta un regard à travers les feuilles et se prit à réfléchir.

« Pas une rose rouge dans tout mon jardin ! s'écria le jeune Étudiant, et ses beaux yeux s'emplirent de larmes. Ah, de quels ténus objets dépend notre bonheur ! J'ai lu tous les écrits des sages, et je maîtrise tous les secrets de la philosophie. L'absence d'une rose rouge, pourtant, fait le malheur de ma vie. »

« Un amant véritable, enfin ! dit le Rossignol. Nuit après nuit je l'ai chanté sans le connaître ; nuit après nuit j'ai conté son histoire aux étoiles, et maintenant je le vois. Ses cheveux ont la couleur sombre de la fleur de jacinthe, et ses lèvres la rougeur de la rose qu'il convoite, mais la passion a fait de son visage comme un ivoire pâle, son front porte le sceau du chagrin. »

« Le Prince donne un bal demain soir, murmura le jeune Étudiant, et celle que j'aime sera de la compagnie. Si je lui apporte une rose rouge, elle dansera avec moi jusqu'à l'aube. Si je lui apporte une rose rouge, je la tiendrai dans mes bras. Elle appuiera sa tête sur mon épaule, et sa main sera serrée dans la mienne. Mais puisqu'il n'y a pas de rose rouge dans mon jardin je resterai assis tout seul, et elle passera à côté de moi. Elle ne me prêtera pas la moindre attention, et mon cœur se brisera. »

« En vérité c'est lui le véritable amant, dit le Rossignol. Ce que je chante, il le souffre ; ce qui m'est joie lui est douleur. L'Amour assurément est un objet merveilleux. Il est plus précieux que les émeraudes, et de plus de valeur que les opales fines. Perles et grenades ne peuvent l'acheter, et il n'est pas en vente au marché. On ne saurait ni l'acquérir auprès des marchands, ni le peser dans les balances des orfèvres. »

« Les musiciens prendront place à la tribune, dit le jeune Étudiant. Ils joueront de leurs instruments à cordes, et celle que j'aime dansera au son de la harpe et du violon. Elle dansera si légèrement que ses pieds ne toucheront pas le sol. Les courtisans en habits joyeux se presseront autour d'elle. Mais avec moi elle ne dansera pas car je n'ai pas de rose à lui donner. » Là-dessus il s'effondra sur le gazon, enfouit son visage entre ses mains et se mit à pleurer.

« Pourquoi pleure-t-il ? demanda un petit Lézard vert qui passait devant lui la queue en l'air.

— Pourquoi donc ? dit un Papillon qui poursuivait à tire d'aile un rayon de soleil.

— Pourquoi donc ? murmura de sa voix douce et grave une Marguerite à sa voisine.

— Il pleure à cause d'une rose rouge, dit le Rossignol.

— À cause d'une rose rouge ! s'écrièrent-ils. Mais c'est le comble du ridicule ! » et le petit Lézard, qui avait quelque chose d'un cynique, éclata carrément de rire.

Mais le Rossignol, qui comprenait le secret du chagrin de l'Étudiant, restait silencieux dans son chêne et réfléchissait au mystère de l'Amour.

Soudain il étendit ses ailes brunes pour prendre son envol, et il s'éleva dans l'air. Il traversa le bosquet comme une ombre, et comme une ombre survola le jardin.

Au centre du carré de gazon se dressait un magnifique Rosier. Lorsque le Rossignol l'aperçut, il vola vers lui et se posa sur un de ses rameaux.

« Donne-moi une rose rouge, s'écria-t-il, et je te chanterai ma chanson la plus douce. »

Mais l'Arbrisseau fit non de la tête.

« Mes roses sont blanches, répondit-il, aussi blanches que l'écume de la mer, plus blanches que la neige au sommet de la montagne. Mais va trouver mon frère qui pousse autour du vieux cadran solaire. Peut-être te donnera-t-il ce que tu cherches. »

Le Rossignol vola donc jusqu'au Rosier qui poussait autour du vieux cadran solaire.

« Donne-moi une rose rouge, s'écria-t-il, et je te chanterai ma chanson la plus douce. »

Mais le Rosier fit non de la tête.

« Mes roses sont jaunes, répondit-il, aussi jaunes que la chevelure de la sirène assise sur son trône d'ambre, plus jaunes que la jon-quille qui fleurit dans le pré avant le passage du faucheur. Mais va trouver mon frère qui pousse sous la fenêtre de l'Étudiant. Peut-être te donnera-t-il ce que tu cherches. »

Le Rossignol vola donc jusqu'au Rosier qui poussait sous la fenêtre de l'Étudiant.

« Donne-moi une rose rouge, s'écria-t-il, et je te chanterai ma chanson la plus douce. »

Mais l'Arbrisseau fit non de la tête.

« Mes roses sont rouges, répondit-il, aussi rouges que les pattes de la colombe, plus rouges que les grands éventails de corail qui sans cesse ondulent dans la caverne océane. Mais l'hiver a glacé mes veines, le gel a brûlé mes bourgeons et l'orage a brisé mes branches. Cette année je n'aurai pas de roses.

— Une rose rouge, une seule, il ne m'en faut pas plus ! s'écria le Rossignol. Juste une rose rouge ! N'existe-t-il aucun moyen de m'en procurer une ?

— Un moyen existe, répondit l'Arbrisseau, mais si effrayant que je n'ose t'en parler.

— Parle, dit le Rossignol. Je n'ai pas peur.

— Qui veut une rose rouge, dit l'Arbrisseau, doit à force de musique l'élever sous la lune, et l'arroser du sang de son propre cœur. Tu dois chanter pour moi en appuyant une épine contre ton cœur. Il faut que toute la nuit tu chantes pour moi, que l'épine te perce le cœur, que coule dans mes veines le sang qui te donne la vie afin qu'il devienne le mien.

— Mourir ! c'est bien cher payer pour une rose rouge, s'écria le Rossignol, et qui ne tient à la Vie ? Il est plaisant de se percher dans le bois verdoyant pour contempler le Soleil dans son char doré, et la Lune dans son char de perle. Douce est la senteur de l'aubépine, douces les campanules qui se cachent dans la vallée, douce la bruyère qui fleurit sur la colline. Mais l'Amour vaut mieux que la Vie, et qu'est-ce que le cœur d'un oiseau à côté d'un cœur d'homme ? »

Alors il étendit ses ailes brunes pour prendre sa volée, et s'éleva dans l'air. Il frôla le jardin comme une ombre, et comme une ombre rasa le parc.

Le jeune Étudiant était toujours étendu sur le gazon, là où il l'avait laissé, et dans ses beaux yeux les larmes n'étaient pas encore sèches.

« Sois heureux, s'écria le Rossignol, sois heureux ; tu auras ta rose rouge. À force de musique je l'élèverai sous la lune, et je l'arroserai du sang de mon propre cœur. Tout ce que je te demande en retour, c'est d'être un véritable amant, car l'Amour a plus de sagesse que la Philosophie, qui est pourtant fort sage, et plus de force que le Pouvoir, qui est pourtant bien fort. Ses ailes sont couleur de flamme, et son corps a la couleur de la flamme. Ses lèvres ont la douceur du miel, et son haleine est comme l'oliban. »

L'Étudiant quitta le gazon des yeux et tendit l'oreille, mais il ne put comprendre ce que lui disait le Rossignol car il ne connaissait que ce qu'on écrit dans les livres.

Le Chêne le comprit, lui, et il se sentit triste tant il avait d'affection pour le petit Rossignol qui avait bâti son nid dans ses branches.

« Chante pour moi une dernière fois, murmurat-il ; je me sentirai si seul quand tu auras disparu. »

Aussi le Rossignol chanta-t-il pour le Chêne, et sa voix était comme une eau qui s'écoule en bruissant d'un vase d'argent.

Quand il eut fini sa chanson, l'Étudiant se leva. De sa poche il tira un carnet de notes et un crayon à mine de plomb.

« C'est un virtuose, se dit-il intérieurement tandis qu'il traversait le parc pour s'en retourner, on ne saurait le nier, mais a-t-il du sentiment ? Je crains que non. En réalité, comme la plupart des artistes, il est tout style et nulle sincérité. Il ne se sacrifierait pas pour les autres. Il ne pense qu'à la musique, et chacun sait que les arts sont égoïstes. On doit cependant admettre que sa voix recèle quelques notes splendides. Quel dommage qu'elles ne veuillent rien dire, et qu'elles ne servent à rien. » Et il regagna sa chambre où il s'allongea sur son étroit grabat et se mit à songer à son amour ; au bout de quelque temps il s'endormit.

Quand la lune brilla dans les cieux, le Rossignol vola jusqu'au rosier et appliqua sa poitrine tout contre l'épine. Toute la nuit il chanta, la poitrine contre l'épine, et la froide Lune de cristal se pencha pour l'écouter. Toute la nuit il chanta, l'épine s'enfonçait de plus en plus dans sa poitrine, et le sang qui lui donnait la vie s'échappait de son corps.

Il chanta, tout d'abord, la naissance de

l'amour dans le cœur d'un garçon et d'une fillette. Et sur la plus haute branche du rosier fleurit une rose magnifique, pétale après pétale, chanson après chanson. Elle eut d'abord la pâleur d'un brouillard s'élevant au-dessus du fleuve – celle des pieds du Matin, puis la couleur argentée des ailes de l'Aube. Ombre d'une rose en un miroir d'argent, ombre d'une rose en une nappe d'eau, telle était la rose qui fleurissait sur la plus haute branche de l'Arbrisseau.

Mais l'Arbrisseau cria au Rossignol d'appuyer plus fort contre l'épine. « Appuie plus fort, petit Rossignol, s'écriait l'Arbrisseau, ou le Jour paraîtra avant que la rose ne soit achevée. »

Et le Rossignol appuya plus fort contre l'épine, et son chant se fit plus sonore, car il chantait la naissance de la passion dans l'âme d'un homme et d'une jeune fille.

Une délicate nuance de rose gagna les pétales de la rose ; on eût dit le visage rougissant de l'époux quand il baise les lèvres de l'épouse. Mais l'épine n'avait pas encore atteint son cœur, si bien que le cœur de la rose restait blanc car seul le sang d'un cœur de Rossignol peut rougir un cœur de rose.

Et le Rossignol appuya plus fort contre l'épine. L'épine lui toucha le cœur, et une douleur aiguë le traversa soudain. Amère, amère fut cette douleur, et son chant se fit plus insensé, car il chantait l'Amour qui trouve sa perfection dans la Mort, de l'Amour qui ne meurt pas dans la tombe.

La magnifique rose devint écarlate, autant que celle du ciel d'Orient. Écarlate était la ceinture de pétales, écarlate le cœur qui semblait un rubis.

Mais la voix du Rossignol s'affaiblissait, ses petites ailes commencèrent à battre et un voile lui couvrit les yeux. Son chant se fit de plus en plus faible et il sentit quelque chose l'étouffer.

C'est alors qu'il exhala une dernière bouffée de musique. La Lune blanche l'entendit, en oublia l'aube et s'attarda dans le ciel. La Rose rouge qui l'entendit trembla, tout entière en extase, et dans l'air frais du matin ouvrit ses pétales. Écho l'emporta jusque dans sa caverne pourprine, sur les collines, et elle réveilla de leurs rêves les pâtres endormis. Elle flotta parmi les Roseaux du fleuve, et ils portèrent son message jusqu'à la mer.

« Regarde, regarde ! s'écria l'Arbrisseau, la rose est achevée maintenant » ; mais le Rossignol ne répondit rien car il gisait mort parmi les hautes herbes, le cœur percé d'une épine.

À midi l'Étudiant ouvrit sa fenêtre et regarda dehors.

« Eh bien, quel coup de chance extraordinaire ! s'écria-t-il ; voici une rose rouge ! De ma vie, jamais je n'ai vu pareille rose. Elle est si belle que je suis sûr qu'elle possède un interminable nom latin. » Là-dessus il se pencha et la cueillit.

Puis il mit son chapeau et, la Rose à la main, courut jusqu'à la maison du Professeur.

La fille du Professeur était assise sous le porche. Elle dévidait de la soie bleue. Son petit chien était allongé à ses pieds.

« Vous avez dit que vous danseriez avec moi si je vous apportais une rose rouge, s'écria l'Étudiant. Voici la rose la plus rouge qui existe au monde. Ce soir vous la porterez tout près de votre cœur, et pendant que nous danserons elle vous dira combien je vous aime. »

Mais la jeune fille fronça les sourcils.

« Je crains qu'elle n'aille pas avec ma robe, répondit-elle ; d'ailleurs, le neveu du Chambellan m'a envoyé de vrais bijoux, et tout le monde sait que les bijoux coûtent plus cher que les fleurs.

— Eh bien, par ma foi, vous êtes bien ingrate », dit l'Étudiant en fureur. Et il jeta la rose dans la rue où elle tomba dans le caniveau. Une charrette lui roula dessus.

« Ingrate ! dit la jeune fille. Savez-vous que vous êtes fort impertinent ? Qui êtes-vous après tout ? Rien qu'un étudiant. Fi, je ne crois même pas que vous possédiez des boucles d'argent à vos

chaussures, comme celles du neveu du Chambellan » ; et elle se leva de sa chaise pour rentrer dans la maison.

« Quelle absurdité que l'amour, dit l'Étudiant en s'éloignant. Loin d'être aussi utile que
la logique, il ne prouve rien, annonce toujours
des événements qui ne se produiront pas et fait
accroire le contraire de la vérité. Au fond, il
est fort peu pratique. En cet âge où le pragma-
tisme règne en maître, je m'en vais revenir à la
philosophie et aux études métaphysiques. »

Et il regagna sa chambre, tira un gros livre
poussiéreux et commença de lire.

L'Insigne Pétard

Le fils du Roi s'allant marier, les réjouissances étaient générales. Il avait attendu toute une année sa fiancée qui venait enfin d'arriver. C'était une Princesse russe, et depuis la Finlande elle avait fait toute la route dans un traîneau attelé de six rennes. Le traîneau avait la forme d'un grand cygne doré entre les ailes duquel reposait la petite Princesse en personne. Son long manteau d'hermine lui descendait jusqu'aux pieds, elle portait sur la tête une minuscule toque d'étoffe argentée, et elle avait la pâleur du palais de Neige où s'était déroulée toute son existence. Elle était si pâle que tout les badauds s'émerveillaient à son passage. « On dirait une rose blanche ! » s'écriaient-ils en lui lançant des fleurs depuis les balcons.

À la porte du château, le Prince attendait de la recevoir. Il avait des yeux violets de rêveur, et ses cheveux paraissaient d'or fin. Quand il la vit, il mit un genou en terre et lui baisa la main.

« Votre portrait était beau, murmura-t-il, mais vous êtes plus belle que votre portrait » ; la petite Princesse rougit.

« Avant, elle ressemblait à une rose blanche, dit un jeune page à son voisin, mais c'est une rose rouge à présent » ; la Cour entière en fut transportée d'aise.

Pendant les trois jours suivants, tout le monde allait répétant : « Rose blanche, Rose rouge, Rose rouge, Rose blanche » ; le Roi donna l'ordre de doubler le salaire du Page. Comme il ne recevait aucun salaire, cela lui fut de peu d'utilité, mais on considéra qu'il s'agissait d'une marque d'honneur qui fut dûment publiée par la gazette de la Cour.

Lorsque les trois jours furent passés, on célébra le mariage. Ce fut une cérémonie magnifique, et les époux marchèrent main dans la main sous un dais de velours cramoisi brodé de petites perles. Il y eut ensuite un banquet officiel qui dura cinq heures. Le Prince et la Princesse étaient assis au haut bout du salon d'Honneur, et ils burent dans une coupe de cristal transparent. Seuls les amants véritables pouvaient boire dans cette coupe, car si des lèvres menteuses la touchaient, elle devenait grise, terne et trouble.

« Leur amour est réciproque, voilà qui est clair, dit le petit Page, clair comme le cristal ! »

et le Roi doubla son salaire pour la seconde fois. « Quel honneur ! » s'écrièrent les courtisans.

Le banquet devait être suivi d'un bal. Les époux devaient danser la Danse de la Rose, et le Roi avait promis de jouer de la flûte. Il en jouait fort mal, mais personne n'osait le lui dire car il était le Roi. En fait, il ne connaissait que deux airs et ne savait jamais précisément lequel il était en train de jouer ; cela n'avait pas la moindre importance puisqu'à tout ce qu'il faisait chacun s'écriait « Charmant ! Charmant ! »

Le dernier numéro du programme était un somptueux feu d'artifice qui devait être tiré à minuit précis. La petite Princesse n'avait jamais vu de feu d'artifice de sa vie, aussi le Roi avait-il veillé à ce que l'Artificier royal fût de service le jour du mariage.

« À quoi ressemblent des feux d'artifice ? avait-elle demandé au Prince un matin qu'elle se promenait sur la terrasse.

— On dirait l'Aurore boréale, avait répondu le Roi qui répondait toujours aux questions qu'on posait aux autres, mais en plus naturel. Pour moi je les préfère aux étoiles car on sait toujours à quel moment ils vont se produire, et ils sont jolis comme mes airs de flûte. Il faut absolument que vous en voyiez. »

On avait donc disposé une grande estrade au

fond du jardin du Roi, et, dès que l'Artificier royal eut tout mis en ordre, les pièces d'artifice se mirent à causer.

« Dieu que le monde est beau ! s'écria un petit Serpenteau. Regardez-moi ces tulipes jaunes. Peste ! De vrais marrons n'auraient pas plus de grâce. Je suis bien content d'avoir voyagé. Les voyages développent merveilleusement l'esprit et contribuent à nous débarrasser des préjugés que nous pouvons avoir.

— Bêta de Serpenteau, le jardin du Roi n'est pas le monde, dit une grosse Chandelle romaine, le monde est un endroit immense, et il te faudrait bien trois jours pour le voir à fond.

— Le monde est où tu aimes, s'exclama une pensive Girandole qui, dans sa jeunesse, avait été attachée à un vieux morceau de bois blanc, et s'enorgueillissait d'avoir eu le cœur brisé ; mais l'amour n'est plus à la mode, les poètes l'ont tué. Ils ont tant écrit à son propos que personne ne les croit plus, ce qui n'est pas pour me surprendre. Le véritable amour souffre en silence. Je me souviens que moi-même, un jour… Mais qu'importe aujourd'hui. La Passion, c'est du passé.

— Absurdité ! dit la Chandelle romaine, la Passion ne meurt jamais. Elle est comme la lune qui vit à jamais. Prenez les mariés, ils s'aiment très tendrement. J'ai tout appris d'eux ce matin grâce à une cartouche de papier brun qui se trouvait partager mon tiroir. Elle connaissait toutes les nouvelles de la Cour. »

Mais la Girandole secoua la tête. « Elle est morte, la Passion, elle est morte, la Passion, elle est morte, la Passion », murmura-t-elle. Elle faisait partie de ces gens qui pensent qu'à force de répéter une chose elle finira par s'avérer.

Soudain on entendit une toux sèche et brusque, et chacun se retourna.

Le bruit provenait d'un grand pétard d'allure hautaine, qui était fixé à l'extrémité d'une longue baguette. Il toussait toujours avant de faire une remarque, de façon à retenir l'attention.

« Hum ! hum ! » dit-il, et chacun de l'écouter sauf la malheureuse Girandole qui secouait toujours la tête en murmurant : « Elle est morte, la Passion. »

« À l'ordre ! à l'ordre ! » s'écria un Marron qui était quelque peu frotté de politique et, ayant toujours tenu un rôle éminent lors des élections locales, connaissait le vocabulaire parlementaire.

« Bien morte », murmura la Girandole avant de s'assoupir.

Dès que le silence fut parfait, le Pétard toussa pour la troisième fois et commença son discours. Il parlait à voix très lente et très nette, comme s'il dictait ses mémoires, et ne manquait jamais de regarder par-dessus l'épaule de celui à qui il s'adressait. Au vrai, sa manière était des plus distinguées.

« Comme il est heureux pour le fils du Roi, remarqua-t-il, qu'il doive se marier précisément le jour où l'on doit me lancer. L'affaire aurait été arrangée d'avance qu'elle n'aurait pas pu mieux tourner pour lui ; mais les Princes ont tous les bonheurs.

— Juste Ciel, dit le petit Serpenteau, je croyais que c'était l'inverse et qu'on allait nous faire partir en l'honneur du Prince.

— Vous êtes peut-être dans ce cas, répondit-il, à vrai dire je n'en doute pas, mais en ce qui me concerne, les choses sont bien différentes. Je suis un très insigne pétard, fils de parents insignes. Ma mère était la plus célèbre Girandole de son époque, connue pour sa danse élégante. Lorsqu'elle donna sa grande représentation publique, elle tourna dix-neuf fois sur elle-même avant de s'éteindre. À chaque tour elle lança sept étoiles roses. Elle mesurait trois pieds et demi de diamètre, et était faite d'une poudre de toute première qualité. Comme moi, mon père était un pétard – d'origine française. Il vola si haut que les spectateurs eurent peur de ne jamais le voir redescendre. C'est ce qu'il fit, pourtant, car il était d'un naturel aimable, et sa descente, au milieu d'une averse d'or, fut des plus brillantes. Les journaux rendirent compte de ce tour de force dans les termes des plus flatteurs. La gazette de la Cour alla jusqu'à le qualifier de "triomphe de l'art pylotechnique".

« Pyrotechnique, vous voulez dire "pyrotechnique", dit un feu de Bengale. Je sais qu'on dit "pyrotechnique" parce que c'est écrit sur ma boîte.

— Il n'en demeure pas moins que j'ai dit "pylotechnique" », répondit le Pétard d'une voix sévère. Le Feu de Bengale se sentit tellement écrasé qu'il entreprit incontinent de gourmander les petits serpenteaux pour leur montrer qu'il n'en restait pas moins un personnage de quelque importance.

« Je disais donc, continua le Pétard, je disais… Qu'est-ce que je disais ?

— Vous parliez de vous, répondit la Chandelle romaine.

— Évidemment ; je savais que je traitais d'un sujet fort intéressant quand j'ai été interrompu de la façon la plus grossière. Je déteste la grossièreté et les mauvaises manières car je suis extrêmement sensible. Personne au monde n'est aussi sensible que moi, j'en suis sûr et certain.

— C'est quoi, un être sensible ? demanda le Marron à la Chandelle romaine.

— Quelqu'un qui écrase constamment les pieds des autres sous prétexte qu'il a des cors », répondit la Chandelle romaine en murmurant très bas ; le Marron faillit éclater de rire.

« Quelle est donc, dites-moi, la raison de cette hilarité ? s'enquit le Pétard. Je ne ris pas, moi.

— Je ris parce que je suis heureux, répondit le Marron.

— Raison des plus égoïstes ! s'écria le Pétard en colère. De quel droit êtes-vous heureux ? Vous devriez penser aux autres. Au vrai, vous devriez penser à moi. Moi, je ne pense qu'à moi. Je m'attends que tout le monde fasse de même. C'est ce qu'on appelle le don de sympathie, une vertu sublime, et que je possède au plus haut degré. Supposez, par exemple, qu'il m'arrive quelque chose ce soir, quel malheur ce serait pour tout le monde ! Le Prince et la Princesse ne connaîtraient plus jamais le bonheur, leur mariage serait irrémédiablement gâché ; quant au Roi, je sais qu'il ne s'en remettrait jamais. Quand je commence à réfléchir à l'importance de ma position, je suis ému presque aux larmes.

— Si vous voulez faire plaisir aux spectateurs, s'écria la Chandelle romaine, vous avez intérêt à ne pas vous mouiller.

— Pour sûr », s'exclama le Feu de Bengale

qui était maintenant de meilleure humeur ; « c'est le sens commun à l'état pur.

— C'est bien cela, le sens commun ! » dit le Pétard, indigné ; « vous oubliez que je n'ai rien de commun, que je suis des plus insignes. Eh quoi ! pourvu qu'il soit dépourvu d'imagination, le premier venu peut avoir le sens commun. Mais j'ai de l'imagination, moi, jamais je ne vois les choses simplement telles qu'elles sont ; elles me semblent toujours fort différentes. Quant à votre conseil de "ne pas se mouiller", il est évident que personne ici n'est capable d'apprécier une nature émotive. Heureusement pour moi, je m'en moque. La seule chose qui nous soutienne à travers l'existence est la conscience de l'immense infériorité d'autrui, et c'est un sentiment que j'ai toujours cultivé. Mais il n'est pas un de vous qui ait du cœur. Vous êtes tous à rire et à vous esbaudir comme si le Prince et la Princesse ne venaient pas de se marier.

— Et pourquoi pas ? s'exclama un petit ballon de feu. C'est une occasion des plus joyeuses, et lorsque je m'élèverai dans l'air j'entends bien tout raconter aux étoiles, et sans omettre aucun détail. Vous verrez comme elles scintilleront lorsque je leur parlerai de la jolie mariée.

— Dieu, la triviale conception de l'existence que voilà ! dit le Pétard ; mais je m'y attendais.

Vous n'avez rien en vous que creux et vide. Eh quoi, le Prince et la Princesse iront peut-être habiter un pays où coule un fleuve profond ; ils auront peut-être un fils unique, un petit garçon blond aux yeux aussi violets que ceux du Prince ; peut-être le petit garçon ira-t-il un jour se promener avec sa bonne ; peut-être la bonne s'endormira-t-elle sous un grand sureau ; et peut-être le petit garçon tombera-t-il dans le fleuve où il se noiera. Quel terrible malheur ! Pauvres gens, perdre leur fils unique ! C'est trop affreux ! Jamais je ne m'en remettrai.

— Mais ils n'ont pas perdu leur fils unique, dit la Chandelle romaine ; il ne leur est pas arrivé le moindre malheur.

— Je n'ai jamais soutenu que ce fût le cas, répliqua le Pétard ; j'ai dit qu'il était possible qu'ils le perdent. S'ils avaient perdu leur fils, il ne nous servirait à rien de poursuivre cette discussion. Je déteste les gens qui pleurent sur le lait renversé. Mais à la pensée qu'ils pourraient perdre leur fils unique, je suis, n'en doutez point, fort affecté.

— Sans aucun doute ! cria le Feu de Bengale. Jamais je n'ai rencontré pareille affectation.

— Ni moi pareille grossièreté, dit le Pétard. Vous êtes incapable de comprendre mon amitié pour le Prince.

— Mais vous ne le connaissez même pas, grommela la Chandelle romaine.

— Je n'ai jamais soutenu que ce fût le cas, répondit le Pétard. J'ose dire que si je le connaissais, je n'aurais aucune amitié pour lui. C'est un grand danger que de connaître ses amis.

— Vous devriez vraiment faire attention à ne pas vous mouiller, dit le Ballon de feu, c'est ça l'important.

— C'est sûrement très important pour vous, répondit le Pétard, mais je pleurerai, s'il me plaît » ; et il fondit sur-le-champ en larmes bien réelles, qui coulaient comme gouttes de pluie le long de sa baguette, noyant presque deux petits scarabées qui songeaient justement à se mettre en ménage et cherchaient un coin bien sec où s'installer.

« Pour pleurer quand il n'est nul sujet de pleurs, ce doit être un caractère authentiquement passionné », dit la Girandole ; et elle poussa un profond soupir en songeant au morceau de bois blanc.

La Chandelle romaine et le Feu de Bengale, quant à eux, étaient fort indignés. Du plus haut qu'ils pouvaient, ils ne cessaient de répéter : « Sornettes ! Sornettes ! » – d'esprit tout pratique, ils traitaient de sornettes tout ce qui les contrariait.

Là-dessus, la lune se leva comme un merveilleux écusson d'argent ; les étoiles se mirent à
briller, et du palais s'échappa une musique.

Le Prince et la Princesse menaient le bal. Ils
dansaient si magnifiquement que les grands lis
blancs les lorgnaient par la fenêtre et que les
immenses coquelicots rouges hochaient la tête
en battant la mesure.

Dix heures sonnèrent, puis onze, puis minuit.
Au dernier coup de minuit, chacun sortit sur la
terrasse et le Roi appela l'Artificier royal.

« Que le feu d'artifice commence », dit le
Roi. L'Artificier royal s'inclina très bas et gagna
majestueusement l'extrémité du jardin. Il était
entouré de six assistants, chacun portant une
torche allumée au sommet d'une longue perche.

C'était, à coup sûr, un admirable spectacle.

« Fzzz ! Fzzz ! » faisait la Girandole qui se
tourna et retourna. « Boum ! Boum ! » faisait
la Chandelle romaine. Les Serpenteaux dansaient par toute la place, et les Feux de Bengale répandaient sur tout leurs lueurs écarlates.
« Au revoir », cria le Ballon de feu qui s'éleva
en lançant de minuscules étincelles bleues.
« Bang ! bang ! » répondirent les Marrons qui
s'amusaient énormément. Tout le monde rem-
porta un vif succès, sauf l'Insigne Pétard. À
force d'avoir pleuré, il était tellement trempé
qu'on ne réussit même pas à le faire partir. La

poudre était ce qu'il avait en lui de meilleur, mais elle était si mouillée de larmes qu'elle en devenait inutilisable. Tous ses parents pauvres, auxquels il n'adressait jamais que des mots de mépris, s'élançaient dans le ciel comme de merveilleuses fleurs dorées aux pétales de feu. « Bravo ! Bravo ! » criait toute la Cour ; la petite Princesse riait de plaisir.

  « On doit me garder en réserve pour quelque solennité, dit le Pétard. Voilà l'explication. Aucun doute là-dessus. » Jamais il n'avait eu l'air plus arrogant.

  Le lendemain, les ouvriers vinrent tout remettre en ordre. « Ce sont évidemment des ambassadeurs, dit le Pétard, je vais les recevoir avec la dignité qui convient » ; il mit donc le nez au vent et entreprit de froncer les sourcils d'un air sévère, comme s'il pensait à quelque sujet de la plus haute importance. Mais ils ne prêtèrent aucune attention au Pétard jusqu'au moment où, alors qu'ils étaient sur le point de partir, l'un d'entre eux l'avisa. « Tiens ! s'écria-t-il, le méchant pétard ! » et il le jeta dans le fossé qui se trouvait derrière le mur.

  « Méchant Pétard ? Méchant Pétard ? répéta-t-il en fendant l'air ; impossible ! Non, cet homme a dit Important Pétard. Méchant, Important, cela sonne tout pareil – c'est même souvent la même chose » ; et il tomba dans la boue.

« L'endroit n'est pas bien confortable, remarqua-t-il, mais il s'agit sans doute de quelque station balnéaire à la mode où l'on m'envoie restaurer ma santé. Mes nerfs sont à coup sûr fort ébranlés, et j'ai besoin de repos. »

Sur ces entrefaites, une petite grenouille dont les yeux avaient l'éclat des pierres précieuses, et qui portait un manteau vert moucheté, nagea jusqu'à lui.

« Un nouveau venu, à ce que je vois ! dit la Grenouille. Ah, la boue a décidément quelque chose d'incomparable. Donnez-moi de la pluie, un fossé, et je suis ravie. Croyez-vous qu'il pleuvra cet après-midi ? J'en suis persuadée, je l'espère, et pourtant le ciel paraît tout bleu et dégagé. Comme c'est dommage !

— Hum ! hum ! dit le Pétard qui se mit à tousser.

— Quelle voix magnifique vous avez ! s'écria la Grenouille. On dirait un authentique coassement, je vous assure, et, bien entendu, rien au monde n'égale la musicalité du coassement. Ce soir vous entendrez notre chorale. Nous nous installons dans la vieille mare aux canards, près de la maison du Fermier, et nous commençons dès que la lune se lève. C'est un tel enchantement que tout le monde reste réveillé pour nous écouter. Pas plus tard qu'hier j'ai entendu la femme du Fermier dire à sa mère qu'à cause de nous elle n'avait pas pu fermer l'œil de la nuit. C'est une belle satisfaction que de découvrir pareille popularité.

— Hum ! hum ! » fit le Pétard en bougonnant. Il était fort contrarié de ne pas arriver à placer un mot.

« Une voix magnifique, ça oui, reprit la Grenouille ; j'espère que vous nous rejoindrez dans la mare aux canards. Je m'en vais chercher mes filles. J'ai six filles splendides et j'ai grand-peur que le Brochet les rencontre. C'est un véritable monstre qui n'aurait aucun scrupule à en faire son petit déjeuner. Eh bien, au revoir : croyez-moi, j'ai pris grand plaisir à notre conversation.

— La belle conversation que voilà ! dit le Pétard. Vous n'avez pas cessé de parler. Ce n'est pas une conversation.

— Il faut bien que quelqu'un écoute, répondit la Grenouille, et j'aime que ce soit moi qui parle. Pas de temps perdu, pas de discussion.

— Mais j'aime à discuter, moi, dit le Pétard.

— J'espère que ce n'est pas vrai, dit la Grenouille en se rengorgeant. Les discussions sont du dernier vulgaire puisque dans la bonne société tout le monde pense exactement la même chose. Je vous souhaite à nouveau le bonjour ; j'aperçois mes filles au loin » ; et la petite Grenouille partit à la nage.

« Vous êtes une personne fort irritante, dit

le Pétard, et des plus mal élevées. Je déteste ces gens qui ne parlent que d'eux-mêmes alors que, comme moi, tout le monde veut parler de soi. C'est ce que j'appelle de l'égoïsme, et l'égoïsme est haïssable, surtout pour quelqu'un de mon tempérament – on sait que je suis naturellement porté à la sympathie. Au fond, vous devriez prendre exemple sur moi – où trouver meilleur modèle ? Vous feriez bien de profiter de l'occasion, car dans quelques instants je m'en retourne à la Cour où l'on me tient en haute estime. Pas plus tard qu'hier, le Prince et la Princesse ont d'ailleurs célébré leur mariage en mon honneur. La provinciale que vous êtes ne sait évidemment rien de tout cela.

— Rien ne sert de lui parler, dit une libellule qui était perchée sur la cime d'un grand roseau brun, rien de rien. Elle est partie.

— Eh bien, tant pis pour elle, répondit le Pétard. Je ne vais pas cesser de lui parler pour la seule raison qu'elle ne me prête pas attention. J'aime à m'entendre parler. C'est un de mes plus grands plaisirs. Il m'arrive souvent d'avoir de grandes conversations à part moi, et je suis d'une telle intelligence que parfois je ne comprends pas un mot de ce que je dis.

— Dans ce cas vous devriez donner des cours de philosophie », dit la Libellule qui déploya une paire de ravissantes ailes de gaze et s'éleva dans le ciel.

« Quelle fieffée sottise elle commet en ne restant pas ici ! dit le Pétard. Je suis sûr qu'elle ne rencontre pas souvent pareille occasion de se perfectionner l'esprit. De toute façon, je m'en moque complètement. Un génie comme le mien est sûr d'être reconnu un jour » ; et il s'enfonça un peu plus dans la boue.

Au bout d'un moment, une grande cane blanche s'approcha de lui à la nage. Elle avait les pattes jaunes et les pieds palmés. La façon qu'elle avait de se dandiner la faisait considérer comme une grande beauté.

« Coin-coin-coin, fit-elle. Quelle drôle de forme vous avez ! Puis-je vous demander si vous êtes né comme cela ou si c'est la conséquence d'un accident ?

— Vous n'avez, de toute évidence, jamais quitté la campagne, répondit le Pétard, sinon vous sauriez qui je suis. Mais je pardonne à votre ignorance. Il y aurait de l'injustice à attendre des autres qu'ils fussent aussi remarquables qu'on l'est soi-même. Vous serez surprise, à n'en pas douter, quand vous apprendrez que je peux fendre l'air et retomber au milieu d'une pluie de gouttes d'or.

— Je n'en suis guère impressionnée, dit la Cane, car je ne vois pas à qui cela pourrait servir. Si vous étiez capable de labourer les champs, comme le bœuf, de tirer une charrette, comme le cheval, ou de veiller sur les moutons, comme le chien de berger, ce serait tout autre chose.

— Ma bonne dame, s'écria le Pétard du ton le plus dédaigneux, je comprends que vous êtes de l'extraction la plus basse. Une personne de ma condition n'est jamais d'aucune utilité. Nous possédons de certains talents, et c'est plus que suffisant. Pour moi, je n'ai de sympathie pour aucune forme d'industrie, et surtout pas pour les industries que vous paraissez recommander. Au vrai, j'ai toujours pensé que se donner de la peine n'est qu'une échappatoire pour les gens qui n'ont rien à faire.

— Eh bien, eh bien, dit la Cane qui était d'un naturel des plus pacifiques et ne se querellait avec personne, à chacun ses goûts. J'espère qu'en tout état de cause vous allez vous établir ici.

— Grand Dieu non ! s'écria le Pétard. Je ne suis qu'un hôte de passage, un visiteur de marque. À dire vrai je trouve qu'on s'ennuie fort en ce lieu. On n'y trouve ni société ni solitude. Au fond c'est la banlieue dans toute sa splendeur. Je vais probablement retourner à la Cour, car je sais que je suis destiné à faire sensation dans le monde.

— Moi aussi j'ai eu l'idée d'entrer dans la

vie publique, remarqua la Cane ; il y a tant de choses à réformer. Naguère j'ai même présidé une réunion au cours de laquelle nous avons voté des résolutions condamnant tout ce qui nous déplaisait. Mais il ne semble pas que cela ait eu beaucoup d'effet. Dorénavant je m'occupe de mon intérieur et je veille sur ma famille.

— Je suis fait pour la vie publique, dit le Pétard, comme tous mes parents y compris les plus humbles. Chaque fois que nous paraissons nous suscitons l'intérêt le plus vif. Je n'ai pas encore paru moi-même, mais quand je le ferai ce sera un spectacle splendide. Quant à s'occuper de son intérieur, cela vous vieillit prématurément et vous empêche d'élever votre esprit.

— Ah, les choses sublimes de la vie, comme elles sont belles ! dit la Cane ; cela me rappelle que j'ai grand-faim. » Et elle descendit le courant en répétant : « Coin-coin-coin. »

« Revenez ! Revenez ! s'époumona le Pétard. J'ai beaucoup de choses à vous dire. » Mais la Cane ne lui prêtait pas la moindre attention. « Je suis content qu'elle soit partie, se dit-il. Elle a décidément l'esprit bourgeois » ; il s'enfonça un peu plus dans la boue et s'était mis à songer à la solitude du génie quand deux petits garçons en blouse blanche dévalèrent soudain le long de la berge. Ils portaient une bouilloire et des fagots.

« Ce doit être l'ambassade », dit le Pétard, et il tenta de prendre un air bien digne.

« Tiens ! s'écria l'un des garçons, regarde-moi ce vieux bâton ! Je me demande comment il est arrivé jusqu'ici » ; et il tira le Pétard du fossé.

« Vieux bâton ! dit le Pétard, impossible ! Bâton de maréchal, voilà ce qu'il a dit. Un bâton de maréchal, rien n'est plus honorable. Il me prend pour un dignitaire de la Cour.

— Jetons-le dans le feu, il aidera l'eau à bouillir. »

Ils firent donc une pile des fagots, installèrent le Pétard au sommet et allumèrent le feu.

« C'est magnifique, s'écria le Pétard, ils vont me faire partir en plein jour pour que tout le monde puisse me voir. »

« Allons dormir à présent, dirent les garçons. Quand nous nous réveillerons l'eau aura bouilli. » Ils se couchèrent dans l'herbe et fermèrent les yeux.

Le Pétard était si mouillé qu'il mit très longtemps à s'allumer. Finalement, le feu l'atteignit.

« Ça y est, je vais partir ! s'écria-t-il, et il se raidit du plus qu'il put. Je sais que je vais aller bien plus haut que les étoiles, bien plus haut que la lune, bien plus haut que le soleil. Oui, je vais aller plus haut que… »

Fzz ! Fzz ! Fzz ! et il s'éleva tout droit en l'air.

« C'est épatant ! s'écria-t-il. Je vais continuer comme cela à jamais. Quel succès ! »

Mais personne ne le vit.

Puis il commença d'éprouver une curieuse démangeaison par tout le corps.

« Ça y est, je vais éclater, s'écria-t-il. Je vais bouter le feu au monde entier et faire un tel vacarme qu'on ne parlera de rien d'autre pendant toute une année. » Et il éclata. Bang ! Bang ! Bang ! fit la poudre. Aucun doute là-dessus.

Mais personne ne l'entendit, pas même les deux petits garçons qui dormaient profondément.

Il ne resta de lui que la baguette, laquelle tomba sur le dos d'une oie qui se promenait au bord du fossé.

« Juste ciel ! s'écria l'Oie. Voilà qu'il se met à pleuvoir des bâtons » ; et elle se précipita dans l'eau.

« Je savais bien que j'allais faire sensation », haleta le Pétard avant de s'éteindre.

Le jeune Roi

À Margaret, Lady Brook.

C'était le soir qui précédait le jour fixé pour son couronnement, et le jeune Roi était assis tout seul dans sa magnifique chambre. Ses courtisans avaient tous pris congé de lui, inclinant la tête jusqu'au sol selon l'usage cérémonieux du temps, et s'étaient retirés dans le grand salon du Palais pour recevoir quelques dernières leçons du professeur d'Étiquette ; certains d'entre eux conservaient en effet des façons fort naturelles, ce qui pour un courtisan constitue – ai-je besoin de le dire ? – une faute des plus graves.

Le jouvenceau – car ce n'était qu'un jouvenceau, âgé de seize ans seulement – n'était pas fâché de leur départ. Il s'était rejeté, en poussant un profond soupir de soulagement, sur les coussins moelleux de son divan brodé, et restait allongé, l'œil farouche et la bouche ouverte, tel un faune brun des bois, ou quelque jeune animal de la forêt que les chasseurs viennent de prendre au piège.

Et, de fait, c'étaient les chasseurs qui l'avaient trouvé. Ils étaient tombés sur lui presque par hasard, alors que, les membres nus et le pipeau à la main, il suivait le troupeau du pauvre chevrier qui l'avait élevé, et dont il avait toujours imaginé être le fils. Enfant de la fille unique du vieux Roi, issu du mariage secret de celle-ci avec un individu très au-dessous de sa condition – un étranger, disaient certains, qui, par la merveilleuse magie de son jeu de luth, s'était fait aimer de la jeune Princesse, tandis que d'autres évoquaient un artiste de Rimini à qui la Princesse avait fait beaucoup d'honneur, peut-être beaucoup trop, et qui avait soudain quitté la ville en laissant dans la cathédrale son œuvre inachevée –, il avait, à peine âgé d'une semaine, été enlevé à sa mère pendant qu'elle dormait, et confié à un simple paysan et à sa femme qui étaient sans enfants et vivaient dans une partie reculée de la forêt, à plus d'une journée de cheval de la ville. La douleur, la peste, selon le certificat du médecin de la cour, ou bien encore, comme certains le murmuraient, un poison italien foudroyant administré dans une coupe de vin épicé, avaient tué la pâle fille qui lui avait donné naissance, moins d'une heure après son réveil, et, à l'heure où le messager fidèle, qui avait porté l'enfant en travers de son arçon, descendait de son cheval fourbu pour frapper à la grossière porte de la hutte du chevrier, le corps de la Princesse était descendu au fond d'une tombe ouverte qu'on avait creusée dans un cimetière désert, au-delà des portes de la ville, une tombe, disait-on, où gisait aussi un autre corps, celui d'un jeune homme d'une beauté merveilleuse, qui avait quelque chose d'étranger. Il avait les mains liées derrière le dos par une corde nouée, et bien des blessures rouges trouaient sa poitrine.

Telle était, du moins, la légende qu'on se chuchotait. Ce qui était certain, c'était que sur son lit de mort le vieux Roi – fut-ce remords de son grand péché, ou simplement crainte que le royaume n'échappât à sa lignée ? – avait envoyé quérir le jouvenceau et, en présence du Conseil, l'avait reconnu pour héritier.

Et du premier instant qu'il avait été reconnu, il semblait avoir montré des signes de cette étrange passion pour la beauté qui était destinée à exercer une si grande influence sur sa vie. Ceux qui l'accompagnèrent jusqu'aux appartements qui avaient été réservés pour son service parlaient souvent du cri de plaisir qui s'était échappé de ses lèvres lorsqu'il avait découvert les atours raffinés et les riches bijoux qu'on avait préparés à son intention, et de la joie presque sauvage avec laquelle il s'était débarrassé de sa grossière tunique de cuir et de son manteau en peau de mouton rêche. Parfois, il est vrai, la liberté de sa vie dans la forêt lui manquait, et il avait toujours tendance à s'irriter des fastidieuses cérémonies de la Cour qui occupaient une si grande partie de la journée, mais le merveilleux palais – on l'appelait *Joyeuse** – dont il se trouvait maintenant le seigneur, lui paraissait un nouveau monde façonné tout exprès pour son enchantement ; aussi, dès qu'il pouvait s'échapper de la table du Conseil ou de la chambre d'audience, il dévalait le grand escalier aux lions de bronze doré et aux marches de porphyre éclatant pour errer de pièce en pièce, de couloir en couloir, comme s'il cherchait dans la beauté un antidote à la douleur, une sorte de remède à la maladie.

Au cours de ces voyages de découverte, comme il les appelait – et pour lui c'étaient de vrais voyages en pays merveilleux –, il lui arrivait de se faire accompagner par les pages de la Cour, minces et blonds, aux manteaux flottants et aux gais rubans qui voletaient alentour ; mais le plus souvent il était seul, car il avait senti par quelque prompt instinct, qui tenait presque de la divination, que les secrets de l'Art s'apprennent mieux à part soi, et que Beauté, comme Sagesse, chérit l'adorateur solitaire.

De cette époque dataient nombre d'anecdotes curieuses le concernant. On disait qu'un gros bourgmestre, venu prononcer un discours ampoulé au nom des citoyens de la ville, l'avait surpris alors qu'il s'agenouillait en véritable adoration devant un grand tableau qu'on venait d'apporter de Venise, et qui paraissait annoncer le culte de quelques dieux nouveaux. En une autre occasion il avait disparu pendant plusieurs heures. Après des recherches prolongées, on l'avait découvert au fond d'une petite chambre située dans l'une des tourelles septentrionales du palais. Il contemplait, comme en transe, une intaille grecque où était gravée la silhouette d'Adonis. À en croire la rumeur, on l'avait vu presser ses lèvres chaudes contre le front de marbre d'une statue antique qu'on avait découverte dans le lit de la rivière à l'occasion de la construction du pont de pierre, et sur laquelle était inscrit le nom de l'esclave bithynien d'Hadrien[1]. Il avait passé toute une nuit à noter l'effet du clair de lune sur une effigie en argent d'Endymion.

Tous les matériaux rares et coûteux exerçaient, à coup sûr, une grande fascination sur

---

1. L'« esclave d'Hadrien » est Antinoüs, mort mystérieusement noyé dans le Nil en 130. Il est l'un des prototypes de la beauté masculine que Wilde cite le plus souvent.

lui, et, dans son désir de se les procurer, il avait expédié outre-mer de nombreux marchands, les uns pour faire le commerce de l'ambre avec les rudes peuples pêcheurs des mers du Nord, d'autres en Égypte pour y chercher cette curieuse turquoise verte qui ne se trouve que dans les tombeaux des rois et posséderait, dit-on, des propriétés magiques, d'autres en Perse, pour les tapis de soie et les poteries peintes, d'autres encore en Inde pour acheter de la gaze, de l'ivoire teinté, des pierres de lune et des bracelets de jade, du bois de santal, de l'émail bleu et des châles de laine fine.

Mais il s'était avant tout préoccupé de la robe qu'il devait porter lors de son couronnement – une robe tissée d'or –, de la couronne sertie de rubis, et des rangs et cercles de perles du sceptre. C'était d'ailleurs à cela qu'il songeait, ce soir-là, allongé sur sa couche luxueuse, en regardant la grosse bûche de pin qui achevait de se consumer dans l'âtre ouvert. Les patrons, œuvre des plus fameux artistes du temps, lui avaient été soumis de nombreux mois aupara-vant, et sur son ordre les artisans avaient tra-vaillé nuit et jour pour les exécuter. On avait dû battre le monde entier à la recherche de joyaux qui fussent dignes de leur ouvrage. Dans son imagination, il se voyait debout devant le maître-autel de la cathédrale, en grand habit de roi, et sur ses lèvres d'enfant errait et jouait un sourire qui donnait un vif éclat à ses yeux sombres et sylvestres.

Au bout de quelque temps, il se leva de son siège et, appuyé contre le manteau sculpté de la cheminée, considéra la pièce faiblement éclairée. Les murs étaient tendus de riches tapisseries représentant le Triomphe de la Beauté. Une grande armoire à incrustations d'agate et de lapis-lazuli occupait l'un des angles, et en face de la fenêtre se trouvait un cabinet d'un ouvrage singulier, dont les panneaux de laque étaient couverts de poudre d'or mosaïquée, et sur lequel étaient disposés de subtils gobelets en verre de Venise et une coupe d'onyx aux sombres veines. De pâles coquelicots étaient brodés sur le couvre-lit de soie – l'on eût dit qu'ils étaient tombés des mains fatiguées du Sommeil –, et de grands roseaux d'ivoire cannelé soutenaient le dais de velours, dont montaient comme une écume blanche, jusqu'au plafond à caissons d'argent pâli, de grosses touffes de plumes d'autruche. Un Narcisse rieur, en bronze vert, tenait au-dessus de sa tête un miroir. Sur la table était posée une coupe plate en améthyste.

À l'extérieur, il pouvait voir l'immense dôme de la cathédrale, telle une bulle suspendue au-dessus des maisons plongées dans l'ombre, et les sentinelles lasses qui arpentaient la terrasse embrumée au bord de la rivière. Très loin, dans un verger, un rossignol chantait. Par la fenêtre ouverte pénétrait un léger parfum de jasmin. Il rejeta en arrière les boucles brunes qui couvraient son front, et, prenant un luth, laissa ses doigts courir sur les cordes. Ses paupières alourdies s'affaissèrent, et une étrange langueur s'empara de lui. Jamais encore il n'avait ressenti aussi vivement, et avec une joie aussi délicate, la magie et le mystère des belles choses.

Quand minuit sonna à l'horloge du beffroi, il frappa un timbre. Ses pages entrèrent et le déshabillèrent en grande pompe, versant de l'eau de rose sur ses mains et répandant des fleurs sur son oreiller. Quelques instants après qu'ils eurent quitté la pièce, il s'endormit.

Et dans son sommeil il fit un rêve. Voici quel fut ce rêve.

Il pensait se trouver debout au milieu d'un grenier long et bas, où bruissaient et cliquetaient nombre de métiers à tisser. La chiche lumière qui perçait à travers les fenêtres grillagées lui montrait les silhouettes décharnées des tisserands penchés sur leurs châssis. Des enfants pâles, d'allure maladive, étaient accroupis sur les énormes traverses. Lorsque les navettes s'élançaient à travers la chaîne, ils soulevaient les lourds battants, et quand les navettes s'arrêtaient ils laissaient retomber les battants et pressaient les fils l'un contre l'autre. Leurs visages étaient tendus par la faim, et leurs frêles mains frissonnaient et tremblaient. Des femmes hagardes cousaient, assises à une table. Une odeur infecte envahissait toute la pièce. L'air était vicié, lourd, les murs suintaient d'humidité.

Le jeune Roi se dirigea vers l'un des tisserands, s'installa à ses côtés et le regarda faire.

Le Tisserand le regarda avec colère et dit : « Qu'avez-vous à m'observer ? Êtes-vous un espion que notre maître a envoyé ?

— Qui est votre maître ? demanda le jeune Roi.

— Notre maître ! s'écria le Tisserand avec amertume. C'est un homme tout comme moi. À la vérité, il n'y a entre nous que cette différence : il porte de beaux habits tandis que je suis couvert de haillons, et tandis que je suis affaibli par la faim ses excès de table le font excessivement souffrir.

— Ce pays est libre, dit le jeune Roi, et vous n'êtes l'esclave de personne.

— À la guerre, répondit le Tisserand, les forts réduisent les faibles en esclavage, en temps de paix les riches font des pauvres leurs esclaves.

Nous devons travailler pour vivre, et les salaires qu'ils nous accordent sont si faibles que nous périssons. Nous trimons pour eux tout le jour, et ils entassent de l'or dans leurs coffres. Nos enfants dépérissent avant l'heure. Les visages de ceux que nous aimons deviennent durs et mauvais. Nous foulons les raisins, un autre boit le vin. Nous semons le grain, mais notre table est vide. Nous portons des chaînes invisibles à l'œil. On nous dit libres, mais nous sommes esclaves.

— En est-il ainsi de tout le monde ? demanda le jeune Roi.

— De tout le monde, répondit le Tisserand, des jeunes comme des vieux, des femmes comme des hommes, des petits enfants comme de ceux qui sont chargés d'ans. Les marchands nous pressurent, et il nous faut nous soumettre à leur loi. Le prêtre passe à cheval, dit son rosaire, et personne ne se soucie de nous. Par nos rues sans soleil rôde la Pauvreté aux yeux affamés, et le Péché au visage boursouflé la suit de près. La Misère nous éveille au matin, le soir la Honte s'assied à nos côtés. Mais que vous importe ? Vous n'êtes pas l'un de nous. Votre visage est trop gai. » Là-dessus il se détourna, l'air maussade, et lança la navette en travers du métier. Le jeune Roi vit qu'un fil d'or y était enfilé.

Une grande frayeur le saisit, et il demanda au Tisserand : « Quelle est cette robe que vous tissez là ?

— C'est la robe du couronnement du jeune Roi, répondit-il. Mais que vous importe ? »

Le jeune Roi poussa un grand cri, s'éveilla, et voilà qu'il se trouvait dans sa propre chambre ! À travers la fenêtre il vit la grande lune couleur de miel suspendue dans l'air sombre.

Et il s'endormit de nouveau et se mit à rêver. Voici quel fut son rêve.

Il lui semblait qu'il était allongé sur le pont d'une immense galère qu'une centaine d'esclaves faisaient avancer à force de rames. Sur un tapis, tout près de lui, était assis le patron de la galère. Il était d'un noir d'ébène, et son turban était de soie cramoisie. De grandes boucles d'argent étiraient ses épais lobes d'oreilles. Dans ses mains il tenait une balance d'ivoire à deux plateaux.

Les esclaves étaient nus, sauf un morceau de tissu qui leur couvrait les reins ; chaque homme était enchaîné à son voisin. Le soleil ardent les frappait de plein fouet, et le long de la coursive couraient les Nègres qui les battaient à coups de nerf de bœuf. Ils étiraient leurs maigres bras et pesaient, à travers l'eau, sur les lourds avirons. Le plat des avirons faisait voler l'écume salée.

Ils finirent par atteindre une petite crique, et lancèrent des sondes. Une légère brise soufflait depuis le rivage, couvrant le pont et la grand-voile d'une fine poussière rouge. Trois Arabes, montés sur des ânes sauvages, firent leur apparition. Ils leur lancèrent des javelots. Le patron de la galère prit dans sa main un arc bariolé et transperça la gorge de l'un des Arabes qui tomba lourdement sur le sol. Ses compagnons s'enfuirent au galop. Une femme enveloppée d'un voile jaune les suivait au pas lent d'un chameau, jetant de temps à autre un regard au cadavre.

Dès qu'ils eurent jeté l'ancre et cargué la voile, les Nègres descendirent dans la cale dont ils rapportèrent une longue échelle de corde lourdement lestée de plomb. Le patron de la galère la jeta par-dessus bord et en attacha les extrémités à deux étais de fer. Puis les Nègres se saisirent du plus jeune des esclaves auxquels ils retirèrent ses fers avant d'emplir de cire ses narines et ses oreilles, et de lui attacher une grosse pierre autour de la taille. D'un air las il descendit l'échelle et disparut dans la mer. Quelques bulles s'élevèrent à l'endroit où il avait plongé. Certains des autres esclaves regardaient avec curiosité par-dessus le bastingage. À la proue de la galère était assis un charmeur de requins, qui frappait un tambour à coups monotones.

Au bout d'un moment, le plongeur sortit de l'eau et, tout pantelant, agrippa l'échelle. Il tenait une perle dans sa main droite. Les Nègres s'en emparèrent et le rejetèrent à la mer. Les esclaves s'étaient endormis sur leurs avirons.

Il revint encore et encore, rapportant chaque fois une perle magnifique. Le patron de la galère les pesait et les mettait dans un petit sac de cuir vert.

Le jeune Roi essaya de parler, mais sa langue paraissait collée à la voûte du palais et ses lèvres refusaient de bouger. Les Nègres, qui bavardaient entre eux, se prirent de querelle à propos d'un collier aux grains brillants. Deux grues volaient en cercle autour du bateau.

Et puis le plongeur remonta pour la dernière fois. La perle qu'il tenait à la main était plus belle que toutes les perles d'Ormuz, car elle avait la forme d'une pleine lune et était plus blanche que l'étoile du matin. Mais le visage du plongeur était d'une pâleur étrange, et lorsqu'il s'affaissa sur le pont, du sang jaillit de ses oreilles et de son nez. Il frissonna un instant, puis ne bougea plus. Les Nègres haussèrent les épaules et jetèrent le cadavre par-dessus bord.

Le patron de la galère se mit à rire et tendit le bras pour prendre la perle. Quand il l'eut regardée, il la pressa contre son front et s'inclina. « Cette perle sera pour le sceptre du jeune Roi », dit-il avant de faire signe aux Nègres de tirer l'échelle.

Lorsque le jeune Roi entendit cela, il poussa un grand cri et se réveilla. Par la fenêtre il vit les longs doigts gris de l'aube qui s'agrippaient aux étoiles pâlissantes.

Et il s'endormit de nouveau et se mit à rêver. Voici quel fut son rêve.

Il lui sembla qu'il errait à travers un bois sombre, où pendaient d'étranges fruits et de magnifiques fleurs vénéneuses. Les vipères sifflèrent lorsqu'il passa près d'elles, et les perroquets flamboyants volèrent de branche en branche en poussant des cris. D'énormes tortues dormaient sur la vase chaude. Les arbres étaient pleins de singes et de paons.

Il continua d'avancer jusqu'à ce qu'il eût atteint la lisière du bois, et là il vit une immense multitude d'hommes qui travaillaient dans le lit d'une rivière à sec. Ils creusaient de profonds puits dans le sol, et y descendaient. Certains d'entre eux fendaient les rochers à l'aide de grosses haches ; d'autres fouissaient le sable. Ils arrachaient les cactus par la racine et piétinaient les fleurs écarlates. Ils se hâtaient, se hélant les uns les autres. Aucun homme ne restait oisif.

Du profond d'une caverne les observaient Trépas et Convoitise. Trépas dit : « Je suis fatigué, donne-m'en un tiers et laisse-moi partir. »

Mais Convoitise secoua la tête. « Ce sont mes serviteurs », répondit-elle.

Et Trépas lui dit : « Qu'as-tu dans la main ?

— J'ai trois grains de blé, répondit-elle. Que t'importe ?

— Donne-m'en un que je planterai dans mon jardin, l'implora Trépas, rien qu'un, et je m'en irai.

— Je ne te donnerai rien », dit Convoitise en dissimulant sa main dans le pli de son vêtement.

Et Trépas se mit à rire. Il prit une coupe, la plongea dans une flaque d'eau, et de la coupe s'éleva une fièvre qui parcourut l'immense multitude jusqu'à ce que le tiers en eût disparu. Un froid brouillard l'accompagnait, et les serpents d'eau se pressaient à ses côtés.

Lorsque Convoitise vit qu'un tiers de la multitude était mort, elle se frappa la poitrine et pleura. Elle frappait son sein stérile et criait à tous les échos. « Tu as assassiné un tiers de mes serviteurs. Va-t'en. Il est une guerre dans les montagnes de Tartarie, les deux rois t'appellent. Les Afghans ont tué le bœuf noir et marchent à la bataille. Ils ont frappé les boucliers de leurs lances, et coiffé leurs casques de fer. Que t'importe ma vallée pour que tu t'y attardes ? Va-t'en, et ne reviens plus jamais ici.

— Non, répondit Trépas. Tant que tu ne m'auras pas donné un grain de blé, je ne m'en irai pas. »

Mais Convoitise ferma son poing et grinça des dents. « Je ne te donnerai rien », murmura-t-elle.

Et Trépas se mit à rire. Il souleva une pierre noire qu'il jeta dans le bois, et d'un buisson de ciguë sauvage s'éleva la Fièvre dans une robe de flamme qui passa parmi la multitude et la toucha. Tous ceux qu'elle touchait mouraient. L'herbe sous ses pieds se desséchait à son passage.

Convoitise fut saisie de frissons et se couvrit la tête de cendres. « Tu es cruel, s'écria-t-elle. La famine règne dans les cités de l'Inde, que ceignent des murailles, et les citernes de Samarcande sont à sec. La famine règne dans les cités de l'Égypte, que ceignent des murailles, et les sauterelles sont sorties du désert. Le Nil n'a pas débordé, et les prêtres ont maudit Isis et Osiris. Va-t'en vers ceux qui te requièrent, et laisse-moi mes serviteurs.

— Non, répondit Trépas. Tant que tu ne m'auras pas donné un grain de blé, je ne partirai pas.

— Je ne te donnerai rien », répondit Convoitise.

Et Trépas se mit à rire de nouveau. Il siffla entre ses doigts et une femme fendit l'air. Sur son front était écrit le mot Peste, et une bande de maigres vautours tournoyait autour d'elle. Elle couvrit la vallée de ses ailes, et il ne resta pas un être vivant.

Convoitise s'enfuit en hurlant à travers la forêt, tandis que Trépas sautait sur son cheval rouge et partait au galop. Il galopait plus vite que le vent.

Du limon qui couvrait le fond de la vallée sortirent en rampant des dragons et d'affreuses créatures couvertes d'écailles. Les chacals arrivèrent en trottant sur le sable, reniflant l'air de leurs narines.

Le jeune Roi se mit à pleurer. « Qui étaient ces hommes et que cherchaient-ils ?

— Des rubis pour la couronne d'un roi », répondit quelqu'un derrière lui.

Le jeune Roi sursauta et, s'étant retourné, découvrit un homme habillé en pèlerin qui tenait à la main un miroir d'argent.

Il pâlit. « Quel roi ? »

Le pèlerin répondit : « Regarde ce miroir, tu l'y verras. »

Il regarda le miroir et, découvrant son propre visage, il poussa un grand cri et se réveilla. Les rayons éclatants du soleil emplissaient toute la pièce. Des arbres du jardin et des bosquets parvenait le chant des oiseaux.

Le Chambellan et les hauts dignitaires de l'État firent leur entrée et l'assurèrent de leur fidélité. Les pages lui apportèrent la robe tissée d'or et déposèrent devant lui la couronne et le sceptre.

Le jeune Roi les contempla ; ils étaient magnifiques. Plus magnifiques que tout ce qu'il avait jamais pu voir. Mais il se souvint de ses rêves et dit à ses seigneurs : « Reprenez ces objets, car je ne les porterai pas. »

Les courtisans étaient stupéfaits, et certains se mirent à rire car ils pensaient que le Roi plaisantait.

Mais, avec sévérité, il s'adressa de nouveau à eux. « Reprenez ces objets, mettez-les hors de ma vue. Bien que ce soit le jour de mon couronnement, je ne les porterai pas. Car sur le métier du Chagrin ma robe a été tissée par les blanches mains de la Douleur. Il y a du Sang dans le cœur du rubis, et le Trépas est au cœur de la perle. » Il leur conta ses trois rêves.

Quand les courtisans les eurent écoutés, ils se regardèrent entre eux et soupirèrent, disant : « À coup sûr il est fou car un rêve, ce n'est qu'un rêve, une vision, rien qu'une vision. Ce ne sont pas des réalités dont il faille tenir compte. Et que nous chaut la vie de ceux qui travaillent pour nous ? Un homme ne mangera-t-il point de pain qu'il n'ait vu le semeur, et ne boira-t-il pas de vin qu'il n'ait parlé au vigneron ? »

Lors le Chambellan parla au jeune Roi, et dit : « Monseigneur, je vous en prie, chassez ces noirs pensers, endossez cette belle robe, et ceignez cette couronne. Comment le peuple vous reconnaîtrait-il pour roi si vous ne portez pas de vêtements de roi ? »

Le jeune Roi le dévisagea. « Est-ce bien ainsi ? demanda-t-il. Ne me reconnaîtront-ils pas pour leur roi si je ne porte pas de vêtements de roi ?

— Ils ne vous reconnaîtront pas, monseigneur, s'écria le Chambellan.

— J'avais cru qu'il existait des hommes vraiment royaux, répondit-il, mais il se peut que les choses soient comme vous le dites. Pourtant je n'endosserai point cette robe, et je ne ceindrai pas cette couronne. Du palais je sortirai comme j'y suis entré. »

Et il les pria de le laisser, à l'exception d'un page qu'il gardait comme compagnon, un jouvenceau d'un an plus jeune que lui. Il le retint à son service, et quand il eut pris un bain d'eau pure, il ouvrit un grand coffre peint dont il sortit la tunique de cuir et le manteau de peau de mouton rêche qu'il avait portés quand il gardait, à flanc de coteau, les chèvres hirsutes du chevrier. Il les revêtit et prit à la main son grossier bâton de pâtre.

Le petit Page écarquilla ses grand yeux bleus et lui dit en souriant : « Monseigneur, je vois votre robe et votre sceptre, mais où est votre couronne ? »

Et le jeune Roi arracha une branche d'églantier sauvage qui grimpait au balcon, la courba en forme de cercle et en ceignit son front.

« Ce sera ma couronne », répondit-il.

Ainsi vêtu, il passa de sa chambre au salon d'Honneur où l'attendaient les nobles.

Et les nobles s'esbaudirent. Certains lui crièrent : « Monseigneur, le peuple attend son roi, et vous ne lui montrez qu'un mendiant. » D'autres, en leur courroux, disaient : « Il apporte la honte sur notre État, et n'est pas digne d'être notre maître. » Mais il ne répondit pas un mot et passa son chemin. Il descendit l'escalier de porphyre éclatant, franchit les portes de bronze, monta à cheval et partit pour la cathédrale. Le petit Page courait à ses côtés.

Et le peuple se mit à rire. Ils disaient : « Voilà le fou du Roi qui passe », et ils se moquaient de lui.

Le jeune Roi tira sur les rênes et dit : « Que nenni, je suis le Roi. » Et il leur conta ses trois rêves.

De la foule sortit un homme qui lui adressa des mots amers. Il disait : « Sire, ne savez-vous point que le luxe des riches apporte la vie aux pauvres ? C'est votre pompe qui nous nourrit, vos vices qui nous donnent du pain. Il est pénible de travailler pour un maître sévère, mais ne pas avoir de maître pour qui travailler est plus pénible encore. Pensez-vous que les corbeaux nous nourriront ? Et quel remède proposez-vous à ces maux ? Direz-vous à l'acheteur "tu n'achèteras point pour ce montant", et au vendeur "tu ne vendras point à ce prix" ? Non, par ma foi. Aussi retournez au Palais, revêtez votre pourpre et votre linge fin. Qu'avez-vous de commun avec nous, avec notre souffrance ?

— Le riche et le pauvre ne sont-ils pas frères ? demanda le jeune Roi.

— Oui, répondit l'homme, et le nom du riche frère est Caïn. »

Les yeux du jeune Roi s'emplirent de larmes, et il continua d'avancer parmi les grondements de la foule. Le petit Page prit peur et l'abandonna.

Quand il atteignit le grand portail de la cathédrale, les soldats croisèrent leurs hallebardes, disant : « Que cherchez-vous en ce lieu ? Nul n'entre ici que le Roi. »

Rouge de colère, il répondit : « Je suis le Roi », écarta leurs hallebardes et continua son chemin.

Lorsque le vieil Évêque le vit s'avancer dans
son vêtement de chevrier, il fut si étonné qu'il
se leva de son trône et s'avança à sa rencontre.
Il lui dit : « Mon fils, est-ce là l'habit d'un roi ?
De quelle couronne ceindrai-je votre front, et
quel sceptre placerai-je en votre main ? C'est
aujourd'hui jour de joie pour vous, non d'hu-
miliation.

— La Joie portera-t-elle ce que la Douleur a
tissé ? » répondit le jeune Roi. Et il lui conta ses
trois rêves.

Lorsque l'Évêque les entendit, un pli apparut à son front. Il dit : « Mon fils, je suis un
vieillard dans l'hiver de mes jours, et je sais que
bien des fléaux affligent le vaste monde. Des
brigands farouches descendent des montagnes
pour enlever les petits enfants et les vendre aux
Maures. Les lions guettent le passage des cara-
vanes pour sauter sur les chameaux. Le sanglier
déracine les blés dans la vallée, sur le coteau les
renards rongent les vignes. Les pirates dévastent
la côte, brûlent les bateaux des pêcheurs et
arrachent leurs filets. Les marais salants sont
peuplés de lépreux ; ils ont des maisons de
roseaux tressés, et nul ne peut les approcher.
Les mendiants errent par les villes et partagent
leur nourriture avec les chiens. Avez-vous le
pouvoir d'empêcher l'existence de toutes ces
choses ? Partagerez-vous votre couche avec le

lépreux, inviterez-vous le mendiant à votre table ? Le lion fera-t-il votre volonté, le sanglier vous obéira-t-il ? Le Créateur de la misère n'est-il pas plus sage que vous ? Aussi ne louerai-je point ce que vous venez de faire. Je vous en conjure, retournez à votre palais, prenez un visage joyeux, et je ceindrai votre front avec la couronne d'or, et placerai le sceptre de perle en votre main. Ne pensez plus à vos rêves. Le fardeau de ce monde est trop lourd pour un seul homme, et la douleur du monde trop amère pour un seul cœur.

— Et c'est en cette maison que vous me dites cela ? » dit le jeune Roi qui passa devant l'Évêque, gravit les marches de l'autel et se tint debout devant l'image du Christ.

Il était debout devant l'image du Christ, à droite et à gauche de lui se trouvaient les merveilleux vases d'or, le calice avec le vin jaune, et la burette remplie d'huile sainte. Il s'agenouilla devant l'image du Christ, les grands cierges brûlaient avec éclat près du tabernacle serti de pierreries, et la fumée de l'encens s'élevait sous la coupole en minces volutes bleues. Il inclina la tête pour prier, et les prêtres aux chapes roides s'éloignèrent doucement de l'autel.

Soudain, de la rue, parvint un violent tumulte, et les nobles entrèrent, l'épée nue, le plumet en bataille, brandissant leurs boucliers d'acier poli. « Où est ce faiseur de rêves ? » s'écriaient-ils. « Où est ce roi revêtu d'un habit de mendiant – cet enfant qui fait honte à notre État ? Oui, nous allons le dépêcher car il n'est pas digne de nous conduire. »

Le jeune Roi inclina de nouveau la tête et se mit à prier. Quand il eut fini sa prière, il se leva, se retourna et les regarda tristement.

Et voici qu'à travers les vitraux la lumière du soleil l'enveloppa, et qu'autour de lui les rayons du soleil tissèrent une robe d'or plus belle que celle qu'on avait apprêtée pour son plaisir. Le bâton mort fleurit et se couvrit de lis plus blancs que les perles. L'épine sèche fleurit et se couvrit de roses plus rouges que les rubis. Plus blancs que perles étaient les lis, et leurs tiges étaient d'argent brillant. Plus rouges que rubis mâles étaient les roses, et leurs feuilles étaient d'or battu.

Il se tenait debout en habit de roi, et les portes du tabernacle s'ouvrirent toutes grandes. Du cristal de l'ostensoir aux multiples rayons s'échappait une lumière merveilleuse et mystique. Il se tenait debout en habit de roi, et la gloire de Dieu emplit la place. Les saints dans leurs niches sculptées parurent s'animer. En habit de roi il se dressait devant eux, l'orgue fit retentir sa musique, les trompettes sonnèrent et les enfants de chœur se mirent à chanter.

Saisi d'effroi, le peuple tomba à genoux, les nobles remirent leur épée au fourreau pour lui rendre hommage, le visage de l'Évêque pâlit et ses mains tremblèrent. « Vous avez été couronné par une puissance supérieure à la mienne », s'écria-t-il, et il s'agenouilla devant lui.

Le jeune Roi descendit du maître-autel et passa au milieu du peuple. Mais nul n'osait regarder son visage, car il était pareil à celui d'un ange.

L'anniversaire de l'Infante

À Mrs. William H. Grenfell,
de Taplow Court.

C'était l'anniversaire de l'Infante. Elle n'avait que douze ans d'âge, et le soleil brillait dans les jardins du palais.

Bien qu'elle fût une princesse authentique, et l'infante d'Espagne, elle n'avait chaque année qu'un anniversaire, comme les enfants des pauvres gens, si bien que tout naturellement le pays entier attachait de l'importance à ce qu'à cette occasion elle passât une bien belle journée. Oui, c'était une bien belle journée. Les hautes tulipes rayées, raidies sur leurs tiges, formaient comme de longues rangées de soldats qui, à travers le gazon, jetaient aux roses des regards de défi, disant : « Nous ne sommes pas moins magnifiques que vous l'êtes à présent. » Les papillons pourprés voletaient alentour, les ailes poudrées d'or, et rendaient visite à chaque fleur l'une après l'autre ; les petits lézards se faufilaient par les crevasses du mur pour se prélasser sous le soleil chauffé à blanc ;

et les grenades se fendaient et craquaient sous la chaleur, exposant leur cœur tout rouge et sanglant. Même les citrons jaune pâle qui pendaient en telle abondance au treillage délabré, et le long des arcades sombres, semblaient plus richement colorés dans la merveilleuse lumière du soleil ; et les magnolias dépliaient l'ivoire de leurs grands pétales en forme de globes et emplissaient l'air d'un parfum lourd et sucré.

La petite Princesse, quant à elle, faisait les cent pas sur la terrasse avec ses compagnons et jouait à cache-cache autour des vases de pierre et des vieilles statues moussues. Les jours ordinaires, on ne lui permettait de jouer qu'avec des enfants de son rang, si bien qu'elle devait toujours jouer seule. Mais le jour de son anniversaire faisait exception, et le Roi avait donné ordre qu'elle invitât à s'amuser avec elle tous les jeunes amis qu'il lui plairait. Il y avait une grâce majestueuse chez ces minces enfants d'Espagne, alors qu'ils glissaient de-ci de-là, les garçons avec leurs chapeaux à grandes plumes et leurs courts manteaux flottants, les filles relevant la traîne de leurs longues robes de brocart et se protégeant les yeux du soleil à l'aide d'immenses éventails noirs et argentés. Mais l'Infante était la plus gracieuse de tous. Nul n'était vêtu avec plus de goût, selon les modes quelque peu chargées de l'époque. Sa robe était de satin gris, la jupe et les larges manches bouffantes pesamment brodées d'argent, et le rigide corset constellé de rangs de perles fines. Deux minuscules pantoufles ornées de gros pompons roses se montraient sous sa robe lorsqu'elle marchait. Son grand éventail de gaze était rose et perle, et dans ses cheveux, qui formaient comme une roide auréole d'or fané autour de son petit visage pâle, elle portait une magnifique rose blanche.

Depuis une fenêtre du palais, le Roi, triste et mélancolique, les observait. Derrière lui se tenait son frère détesté, Don Pedro d'Aragon, à ses côtés son confesseur, le Grand Inquisiteur de Grenade. Le Roi était plus triste encore qu'à l'accoutumée, car en regardant l'Infante s'incliner avec une gravité enfantine devant les courtisans assemblés, ou se moquer, derrière son éventail, de la sinistre duchesse d'Albuquerque qui l'accompagnait partout, il songeait à la jeune Reine, sa mère, qui, naguère lui semblait-il, s'en était venue du gai pays de France pour s'étioler parmi la pompe morose de la cour d'Espagne, mourant six mois seulement après la naissance de son enfant, avant d'avoir vu la deuxième floraison des amandiers dans le verger, ou cueilli deux fois les fruits du vieux figuier tordu qui se dressait au centre de la cour maintenant envahie par les herbes. L'amour qu'il lui portait

était si fort qu'il n'avait pas souffert qu'un tombeau la lui dissimulât. Elle avait été embaumée
par un médecin maure à qui, en récompense
de ses services, le Roi avait fait grâce d'une vie
qui, disait-on, appartenait déjà au Saint-Office
pour cause d'hérésie et soupçon de pratiques
magiques, et son corps reposait toujours, en sa
bière tapissée, sur le marbre noir de la chapelle
du palais, exactement à l'endroit où les moines
l'avaient déposé en ce venteux jour de mars, il
y avait près de douze ans. Une fois par mois,
le Roi, enveloppé d'un manteau sombre et une
lanterne sourde à la main, allait s'agenouiller à
son côté. Il l'appelait « *Mi Reina ! Mi Reina !* »
et, parfois, rompant avec l'étiquette rigide qui,
en Espagne, règle tous les instants de la vie et
contraint jusqu'à la douleur d'un roi, il saisissait en un véhément paroxysme de douleur
les mains pâles et chargées de bijoux, tentant
d'éveiller par ses baisers de furieux le visage
froid et fardé.

Aujourd'hui, il lui semblait la revoir telle qu'il
l'avait aperçue pour la première fois au château
de Fontainebleau. Il n'avait que quinze ans,
elle était plus jeune encore. À cette occasion le
Nonce pontifical les avait officiellement fiancés
en présence du Roi de France et de toute la
Cour, et il était retourné à l'Escurial en emportant une bouclette de cheveux blonds et le sou

venir de deux lèvres enfantines s'abaissant pour lui baiser la main lorsqu'il était remonté dans son carrosse. Plus tard avaient suivi le mariage, hâtivement célébré à Burgos, une petite ville à la frontière entre les deux pays, et la grandiose entrée dans Madrid qu'avaient marquée l'habituelle célébration de la grand-messe à l'église de La Atocha, et un *auto-da-fé* plus solennel que d'habitude – près de trois cents hérétiques, dont un grand nombre d'Anglais, avaient été livrés au bras séculier pour être brûlés vifs.

Oui, il l'avait aimée à la folie – selon l'opinion de beaucoup, jusqu'à la ruine de son pays alors en guerre avec l'Angleterre pour le contrôle du Nouveau Monde. Il ne lui avait pratiquement jamais permis de se trouver hors de sa vue ; pour elle il avait oublié, ou paru oublier, toutes les graves affaires d'État ; et avec le redoutable aveuglement que la passion impose à ceux qui la servent, il avait manqué de remarquer que les cérémonies raffinées par lesquelles il cherchait à lui plaire ne faisaient qu'aggraver l'étrange maladie dont elle souffrait. Quand elle mourut, il fut, un temps, comme un homme privé de raison. Il ne fait en réalité aucun doute qu'il aurait formellement abdiqué et se serait retiré au grand monastère trappiste de Grenade, dont il était déjà le prieur en titre, s'il n'avait pas craint de laisser la petite Infante à la merci de son frère dont la cruauté, en Espagne même, était notoire. Beaucoup le soupçonnaient d'avoir provoqué la mort de la Reine au moyen d'une paire de gants empoisonnés qu'il lui avait offerts à l'occasion de la visite qu'elle lui avait rendue dans son château d'Aragon. Même après l'expiration des trois années de deuil public qu'il avait ordonnées par édit royal dans tous ses domaines, il ne souffrait toujours pas que ses ministres parlassent d'une alliance nouvelle, et lorsque l'Empereur en personne lui dépêcha sa nièce, la charmante archiduchesse de Bohême, pour la lui proposer en mariage, il pria les ambassadeurs de dire à leur maître que le Roi d'Espagne était déjà l'époux de la Douleur, et que, bien que ce fût une épouse stérile, il la préférait à la Beauté même ; cette réponse fit perdre à la couronne d'Espagne les riches provinces des Pays-Bas qui, peu de temps après, se révoltèrent contre le Roi à l'instigation de l'Empereur et sous la direction d'une poignée de fanatiques de l'Église réformée.

Toute sa vie conjugale, avec ses ardents et violents bonheurs, et la terrible douleur de sa fin soudaine, paraissait lui revenir à l'esprit alors qu'il regardait, ce jour-là, l'Infante qui jouait sur la terrasse. De la Reine, elle avait toutes les façons délicieusement enjouées, la même manière de rejeter la tête, la même bouche magnifique et d'une noble courbure, le même sourire merveilleux – oui, un *vrai sourire de France** – lorsqu'elle jetait de temps à autre un coup d'œil à la fenêtre, ou tendait sa petite main à baiser aux imposants gentilshommes espagnols. Mais le rire perçant des enfants irritait les oreilles du Roi, l'impitoyable clarté du soleil insultait à sa douleur, et une vague odeur d'épices étranges, du type de celles qu'utilisent les embaumeurs, paraissait – effet de son imagination peut-être – infecter l'air pur du matin. Il enfouit sa tête entre ses mains, et quand l'Infante releva les yeux, les rideaux étaient tirés. Le Roi était parti.

Elle eut une petite *moue** de dépit et haussa les épaules. Il aurait sûrement pu rester avec elle le jour de son anniversaire. Les sottes affaires de l'État avaient-elles tant d'importance ? À moins qu'il ne soit allé dans la lugubre chapelle où les cierges brûlaient sans cesse, et dans laquelle il ne lui avait jamais été permis d'entrer ? Comme c'était bête de sa part, alors que le soleil brillait avec tant d'éclat, et que tout le monde était si heureux ! Et puis il manquerait le simulacre de course de taureaux qu'on annonçait déjà à son de trompette, pour ne rien dire des marionnettes et de toutes les autres merveilles. Son oncle et le Grand Inquisiteur étaient bien plus sensés. Ils étaient sortis sur la terrasse et lui

avaient tourné d'aimables compliments. Elle
rejeta donc sa jolie tête en arrière et, prenant
Don Pedro par la main, descendit les marches à
pas lents pour gagner une longue tente de soie
pourpre qui avait été dressée au fond du jardin.
Les autres enfants suivaient selon l'ordre exact
des préséances, ceux dont les noms étaient les
plus longs passant les premiers.

Un cortège de garçons nobles, revêtus de
fabuleux habits de toréadors, s'avança à sa
rencontre, et le jeune comte de Tierra-Nueva,
un splendide jouvenceau de quatorze ans, se
découvrant avec toute la grâce d'un authentique
hidalgo et d'un grand d'Espagne, la conduisit
solennellement jusqu'à un petit fauteuil d'or et
d'ivoire disposé sur une estrade qui surplombait
l'arène. Les enfants, qui chuchotaient tout en
agitant leurs grands éventails, s'installèrent tout
autour ; Don Pedro et le Grand Inquisiteur,
très gais, restèrent debout à l'entrée. Même
la Duchesse – la Camarera-Mayor, comme on
l'appelait –, une femme maigre, aux traits durs,
qui portait une fraise jaune, ne paraissait pas
d'humeur aussi maussade qu'à l'accoutumée.
Une sorte de rictus glacial animait son visage
ridé, et tordait ses minces lèvres exsangues.

C'était à coup sûr une merveilleuse course de
taureaux, bien plus agréable, songea l'Infante,

que la vraie course de taureaux qu'on l'avait emmenée voir à Séville à l'occasion de la visite que le duc de Parme rendait à son père. Certains des garçons caracolaient sur des chevaux de bois richement caparaçonnés en brandissant de longues javelines gaiement enrubannées de flots de couleur vive ; d'autres, démontés, agitaient leurs capes écarlates devant le taureau et bondissaient légèrement par-dessus la barrière lorsqu'il les chargeait ; quant au taureau lui-même, il possédait tous les attributs d'un taureau véritable, à cela près qu'il n'était fait que d'osier et d'une peau tendue, et qu'il lui arrivait de galoper à travers l'arène dressé sur ses pattes de derrière, ce qu'aucun taureau vivant n'aurait jamais imaginé. C'était aussi un magnifique combattant, et les enfants, très excités, se levaient de leurs bancs et agitaient leurs mouchoirs de dentelle en criant : « *Bravo toro ! Bravo toro !* » avec autant d'à-propos que les grandes personnes. Mais au bout du compte, après un combat prolongé pendant lequel plusieurs chevaux de bois furent encornés de part en part – et leurs cavaliers jetés à terre –, le jeune comte de Tierra-Nueva força le taureau à s'agenouiller et, ayant obtenu de l'Infante la permission de donner le *coup de grâce*[*], plongea son sabre de bois dans le cou de l'animal avec tant de violence que la tête se détacha du tronc, découvrant le visage riant du petit Monsieur de Lorraine, fils de l'ambassadeur de France à Madrid.

On dégagea l'arène sous des applaudissements nourris. Les cadavres des chevaux de bois furent solennellement traînés par deux pages maures en livrée jaune et noir, et après un court intermède pendant lequel un maître de maintien français se livra à un exercice de corde raide, quelques marionnettes italiennes firent leur apparition, dans la tragédie semi-classique de *Sophonisbe*, sur le petit théâtre qui avait été spécialement construit pour l'occasion. Elles jouaient si bien, et leurs gestes avaient tant de naturel, qu'au dénouement les yeux de l'Infante étaient tout embués de larmes. Certains enfants pleuraient pour de bon, et il fallut les consoler à force de friandises. Très ému, le Grand Inquisiteur lui-même ne put s'empêcher de dire à Don Pedro qu'il lui paraissait intolérable que des êtres faits de bois et de cire colorée, et actionnés mécaniquement par des fils de fer, fussent si malheureux et connussent de si terribles mésaventures.

Parut ensuite un jongleur africain portant un grand panier plat, recouvert d'un drap rouge, qu'il posa au centre de l'arène avant de tirer de son turban une curieuse flûte de bambou dans laquelle il souffla. Quelques instants plus

tard le drap se mit à bouger et, tandis que les
accents de la flûte se faisaient de plus en plus
nasillards, deux serpents vert et doré mon-
trèrent leur étrange tête en coin et s'élevèrent
lentement, ondulant au rythme de la musique
comme une plante au milieu de l'eau. Mais
les enfants avaient plutôt peur de leurs capu-
chons mouchetés et des brusques mouvements
de leurs langues dardées. Ils préférèrent de
beaucoup voir le Jongleur faire sortir du sable
un oranger minuscule, chargé de mignons
pétales blancs et de grappes de fruits authen-
tiques, et, quand il s'empara de l'éventail de la
toute petite fille du marquis de Las Torres et le
changea en un oiseau bleu qui survola la tente
en chantant, leur joie et leur stupéfaction ne
connurent plus de bornes. Le menuet solennel, qu'interprétèrent les petits danseurs de
l'église Notre-Dame-du-Pilar, fut lui aussi charmant. Jamais encore l'Infante n'avait assisté à
cette cérémonie merveilleuse qui se déroule
chaque année au mois de mai devant le maître-
autel de la Vierge, et en l'honneur de celle-ci ;
d'ailleurs, aucun membre de la famille royale
d'Espagne n'avait pénétré dans la noble cathédrale de Saragosse depuis qu'un prêtre dément,
que beaucoup croyaient stipendié par Élisabeth
d'Angleterre, avait tenté d'administrer la com-
munion au prince des Asturies avec une hos-

tie empoisonnée. Elle ne connaissait donc que
par ouï-dire la « Danse de Notre-Dame », ainsi
qu'on l'appelait, et c'était à coup sûr un spectacle splendide. Les enfants portaient, selon
l'ancienne mode de la Cour, des habits de
velours blanc ; leurs curieux tricornes étaient
galonnés d'argent et surmontés d'immenses
plumes d'autruche ; l'éblouissante blancheur
de leurs costumes était accentuée, tandis qu'ils
allaient et venaient en pleine lumière, par leur
teint cuivré et leurs longs cheveux noirs. Tout le
monde restait fasciné par la gravité digne avec
laquelle ils exécutaient les figures compliquées
de la danse, ainsi que par la grâce très étudiée
de leurs gestes lents et de leurs révérences
majestueuses. Lorsque, à la fin de la représentation, ils mirent chapeau bas devant l'Infante,
celle-ci reçut leur hommage avec beaucoup de
courtoisie, et fit vœu d'envoyer un gros cierge
de cire au sanctuaire de Notre-Dame-du-Pilar
en retour du plaisir qu'Elle lui avait procuré.

Puis une troupe de beaux Égyptiens –
comme on désignait alors les gitans – s'avança
dans l'arène. Ils s'assirent en tailleur, formant
un cercle, et commencèrent à jouer doucement de leurs cithares tout en balançant le
corps au rythme de la musique et en fredon-
nant, presque à mi-voix, un air lent et rêveur.
Quand ils aperçurent Don Pedro, ils le regar-

dèrent de travers – certains paraissaient terri-
fiés – car il y avait seulement quelques semaines
qu'il avait fait pendre deux des leurs pour sor-
cellerie sur la place du marché de Séville, mais
la jolie Infante les enchanta. Elle s'était ados-
sée en arrière, et, de ses beaux yeux bleus, les
lorgnait par-dessus le bord de son éventail. Ils
eurent la certitude qu'un être aussi beau ne
pouvait se montrer cruel envers personne. Ils
continuèrent donc de jouer très doucement,
effleurant à peine de leurs ongles longs et
pointus les cordes des cithares, et se mirent
à dodeliner de la tête comme s'ils étaient sur
le point de s'assoupir. Soudain, avec un cri si
perçant que les enfants sursautèrent et que la
main de Don Pedro serra convulsivement le
pommeau d'agate de sa dague, ils sautèrent
sur leurs pieds et se lancèrent dans une folle
course autour de l'enceinte, frappant leurs
tambourins et psalmodiant une sorte de chant
d'amour en leur langage étrange et guttural.
À un nouveau signal, ils se jetèrent tous dere-
chef à terre et ne bougèrent plus d'un pouce.
Le silence n'était rompu que par le pincement
assourdi des cithares. Après avoir répété plusieurs fois cette manœuvre, ils disparurent un
instant. Quand ils revinrent, ils menaient au
bout d'une chaîne un ours brun hirsute et portaient sur leurs épaules quelques petits singes

de Barbarie. L'ours se tint sur la tête avec une gravité parfaite, et les singes rabougris se livrèrent à mille tours amusants avec les deux jeunes gitans qui semblaient leurs maîtres. Ils se battirent avec des épées minuscules, tirèrent au pistolet et firent l'exercice exactement comme les gardes du corps du Roi. Vraiment, les gitans se taillèrent un franc succès.

Mais, de tout le programme de la matinée, aucun numéro ne passa en drôlerie la danse du petit Nain. Quand il pénétra dans l'arène de son pas mal assuré, chancelant sur ses jambes torses et dandinant de tout côté sa grosse caboche difforme, les enfants poussèrent des hurlements de joie. L'Infante elle-même riait tellement que la Camarera dut lui rappeler que si, en Espagne, souvent on avait vu fille de Roi pleurer devant ses pairs, il était sans exemple qu'une princesse de sang royal se laissât aller à tant de gaieté devant des personnes de moindre extraction. Mais le Nain était tout bonnement irrésistible. Même à la cour d'Espagne, connue depuis toujours pour cultiver la passion de l'horrible, on n'avait jamais vu de petit monstre aussi fantastique. C'était, en outre, sa première apparition. Il n'avait été déniché que la veille, courant comme un fou à travers bois, par deux des nobles qui étaient allés chasser dans la par- tie la plus lointaine de la vaste forêt de chênes-lièges qui entourait la ville, et l'avaient ramené au palais pour faire une surprise à l'Infante. Son père, un pauvre charbonnier, avait été trop heureux de se débarrasser d'un enfant aussi laid, et aussi inutile. Ce qu'il y avait en lui de plus amusant, peut-être, c'était qu'il ne se rendait absolument pas compte du grotesque de son apparence. Il semblait, à la vérité, fort satisfait et débordait d'entrain. Les enfants riaient-ils ? il riait avec autant d'insouciance et de gaieté qu'aucun d'entre eux. À la fin de chaque danse il s'inclinait de la façon la plus comique devant chacun des enfants, souriant et hochant la tête comme s'il avait vraiment été des leurs et non un petit être difforme que la Nature, par plaisanterie, avait façonné pour l'amusement d'autrui. Quant à l'Infante, elle le fascinait complètement. Incapable d'en détacher ses yeux, il paraissait danser pour elle seule, et quand, à la fin de la représentation, se souvenant d'avoir vu les grandes dames de la Cour jeter des bouquets à Caffarelli, le célèbre sopraniste italien que le Pape avait choisi dans sa propre chapelle, et dépêché à Madrid, pour tenter de guérir la mélancolie du Roi par la douceur de sa voix, elle retira de sa coiffure la magnifique rose blanche et, un peu par jeu, un peu pour agacer la Camarera, la lui jeta à travers l'arène avec son plus doux sourire, il

prit son geste très au sérieux. La fleur pressée
contre ses lèvres rêches et rugueuses, il posa la
main sur son cœur et plia le genou devant elle
en souriant de toutes ses dents. Ses petits yeux
luisants étincelaient de plaisir.

La gravité de l'Infante en fut si troublée
qu'elle riait encore longtemps après que le petit
Nain eut quitté l'arène, et qu'elle s'ouvrit à son
oncle du désir qu'elle avait de voir la danse
répétée séance tenante. Mais la Camarera,
arguant de l'ardeur du soleil, jugea qu'il vau-
drait mieux que Son Altesse ne différât point
son retour au palais où l'on avait apprêté pour
elle un merveilleux festin, y compris un vrai
gâteau d'anniversaire qui portait les initiales de
l'Infante sur toutes ses faces, et était surmonté
d'un délicieux drapeau d'argent. L'Infante se
leva donc avec beaucoup de dignité, et, après
avoir donné des ordres afin que le petit Nain
dansât de nouveau pour elle après l'heure de la
sieste, et exprimé ses remerciements au jeune
comte de Tierra-Nueva pour l'avoir traitée de
façon si charmante, elle revint à ses appartements, suivie par les enfants dans l'ordre même
où ils étaient entrés.

Or, quand le petit Nain apprit qu'il devait
danser une seconde fois devant l'Infante, et
par son ordre exprès, il fut tellement fier qu'il

se rua à l'intérieur du jardin en baisant la rose blanche dans un absurde transport de plaisir, et en gesticulant de bonheur de la manière la plus gauche et la plus maladroite qui fût au monde.

Les Fleurs s'indignèrent fort de l'audace avec laquelle il avait envahi leur magnifique demeure, et lorsqu'elles le virent cabrioler par les allées, et agiter les bras au-dessus de sa tête de façon si ridicule, elles ne purent brider plus longtemps leurs sentiments.

« Il est décidément trop laid pour qu'on l'autorise à jouer en quelque endroit que nous nous trouvions, s'écriaient les Tulipes.

— Qu'il boive du jus de pavot et s'endorme pour mille ans ! dirent les grands Lis écarlates, pris de chaleur et de rage.

— C'est un comble d'horreur ! brailla le Cactus. Enfin quoi, il est tout tordu, tout rabougri, et sa tête est complètement hors de proportion avec ses jambes. Je vous assure qu'il me donne des démangeaisons par tout le corps. S'il s'approche de moi, je le piquerai de mes épines.

— Sans oublier qu'il porte une de mes plus belles fleurs, s'écria le Rosier blanc. Ce matin je l'ai moi-même offerte à l'Infante pour son anniversaire, et le Nain l'a volée. » Du plus haut qu'il put, il se mit à crier : « Voleur, voleur, voleur ! »

Même les Géraniums rouges, qui ne se donnaient généralement pas de grands airs et comptaient, on le savait, nombre de créatures pitoyables parmi leur parenté, se recroquevillèrent de dégoût en le voyant, et quand les Violettes firent doucement remarquer que, s'il était à coup sûr bien disgracieux, il n'y allait cependant pas de sa faute, ils répondirent non sans raison que c'était là son plus grand défaut, et qu'être incurable ne constituait pas un titre à l'admiration d'autrui ; à la vérité, certaines Violettes elles-mêmes avaient le sentiment que le petit Nain mettait de l'ostentation dans sa laideur, et qu'il aurait fait preuve d'un meilleur goût en se montrant triste, ou pensif à tout le moins, au lieu de bondir gaiement et de se lancer dans des postures aussi grotesques et absurdes.

Quant au vieux Cadran solaire, personnage des plus éminents, qui avait un jour donné l'heure à l'empereur Charles Quint en personne, il fut tellement choqué par l'aspect du petit Nain qu'il en oublia presque de marquer deux minutes entières à l'aide de son long doigt d'ombre, et qu'il ne put s'empêcher de déclarer à la grande Paonne blanche comme le lait, qui prenait le soleil sur la balustrade, que tout le monde savait que les enfants de roi étaient des rois et les enfants de charbonnier des char-

bonniers, et qu'il était absurde de prétendre
le contraire ; déclaration à laquelle la Paonne
souscrivait en tout point, d'ailleurs elle se mit à
crier « Absolument ! absolument ! » d'une voix
si forte et si criarde que les Poissons rouges, qui
habitaient la vasque du jet d'eau jaillissant et
frais, sortirent la tête de l'eau pour demander
aux immenses Tritons de pierre ce qui diable
se passait là.

Mais, chose étrange, les Oiseaux l'aimaient à
leur façon. Ils l'avaient souvent vu dans la forêt
quand il bondissait comme un elfe à la pour-
suite d'un tourbillon de feuilles, ou s'accrou-
pissait au creux de quelque vieux chêne pour
partager ses noisettes avec les écureuils. Sa
laideur ne les gênait pas le moins du monde.
Après tout, le Rossignol lui-même, qui, la nuit,
chantait parfois si suavement parmi les orangers
que la Lune se penchait pour l'écouter, n'était
pas une beauté non plus ; et puis il avait été
bon pour eux lors de cet hiver horriblement
rigoureux pendant lequel les arbres ne portaient pas de baies, le sol était dur comme fer,
et les loups, en quête de nourriture, rôdaient
jusqu'aux portes de la ville. Pas une fois il ne
les avait oubliés, leur abandonnant toujours les
miettes de sa pauvre miche de pain et parta-
geant avec eux son maigre déjeuner du jour.

Aussi voletèrent-ils tout autour de lui, effleurant tout juste ses joues au passage tandis qu'ils jacassaient entre eux. Le petit Nain en fut si touché qu'il ne put s'empêcher de leur montrer la magnifique rose blanche, ni de leur dire que l'Infante en personne lui en avait fait cadeau parce qu'elle l'aimait.

Les oiseaux ne comprirent pas un traître mot de ce qu'il leur contait, mais cela n'eut aucune conséquence car ils penchèrent la tête de côté en prenant l'air grave, ce qui est aussi bien, et beaucoup plus facile, que de comprendre ce qu'on vous dit.

Les Lézards, eux aussi, s'entichèrent de lui, et quand, lassé de courir en tous sens, il se jeta à terre pour se reposer, ils s'amusèrent à lui grimper dessus et tentèrent de le divertir du mieux qu'ils purent. « Tout le monde ne peut avoir la beauté du lézard, s'écriaient-ils ; ce serait trop demander. Et bien que cela paraisse absurde à dire, il n'est pas si laid, au bout du compte, pourvu qu'on prenne l'élémentaire précaution de fermer les yeux et de ne pas le regarder. » Les Lézards étaient naturellement des plus philosophes, et passaient souvent ensemble des heures et des heures à réfléchir quand ils n'avaient rien d'autre à faire ou quand le temps pluvieux les empêchait de sortir.

Les Fleurs furent cependant contrariées au

plus haut point par leur conduite, tout comme par celle des Oiseaux. « Cela ne fait que montrer, dirent-elles, l'effet ·vulgarisant de ces courses et de ces vols incessants. Les gens bien élevés comme nous se tiennent à leur place. Ce n'est pas nous qu'on verrait sautiller dans les allées, ou galoper comme des folles à travers la pelouse en poursuivant des libellules. Quand nous voulons changer d'air, nous appelons le Jardinier et il nous transporte dans une autre plate-bande. Voilà qui a de la dignité, voilà qui est convenable. Mais Oiseaux et Lézards ignorent le repos, d'ailleurs les Oiseaux n'ont pas d'adresse permanente. Ce sont des errants, comme les gitans, et ils devraient être traités exactement de la même manière. » Elles levèrent donc le nez et prirent de grands airs. Quelque temps après, à leur grand soulagement, elles virent le petit Nain se remettre maladroitement debout sur la pelouse et se diriger vers la terrasse du palais.

« On devrait l'enfermer jusqu'au terme naturel de sa vie, dirent-elles. Regardez-moi ce dos bossu et ces jambes tordues », et elles se prirent à ricaner.

Mais le petit Nain ne savait rien de tout cela. Il aimait profondément les Oiseaux et les Lézards, et trouvait que les Fleurs étaient les plus belles créatures qui fussent au monde, à l'exception de l'Infante évidemment, mais enfin elle lui avait offert la magnifique rose blanche, et puis elle l'aimait, c'était bien différent. Comme il aurait voulu rentrer avec elle ! Elle l'aurait installé à sa droite, lui aurait souri, et jamais il ne l'aurait quittée. Il aurait fait d'elle sa compagne de jeux et lui aurait appris mille tours délicieux. Car s'il n'avait encore jamais mis le pied dans un palais, il connaissait toutes sortes de merveilles. Il était capable de fabriquer de petites cages de roseau où chantent les sauterelles, et de travailler le bambou aux longs joints pour en faire le chalumeau que Pan aime à entendre. Il connaissait le cri de tous les oiseaux et, à son appel, les étourneaux quittaient le faîte de leur arbre ou le héron son étang. Il connaissait les traces de tous les animaux, et pouvait suivre la voie du lièvre grâce à ses foulées légères, ou celle de l'ours grâce au froissement des feuilles. Toutes les danses du vent, il les savait : folle danse de l'automne, en habit rouge ; danse légère au-dessus des blés, en sandales bleues ; danse d'hiver avec ses guirlandes de neige blanche ; et, au printemps, danse des fleurs à travers les vergers. Il savait où les pigeons ramiers bâtissaient leurs nids, et, un jour qu'un oiseleur avait attrapé les parents, avait lui-même élevé les oisillons pour lesquels il avait construit un petit pigeonnier dans le creux d'un orme écimé. Ils étaient tout à fait apprivoisés et venaient chaque matin lui manger dans la main. Elle les aimerait, et aussi les lapins qui détalaient parmi les hautes fougères, les geais avec leurs ailes couleur d'acier et leurs becs noirs, les hérissons qui se roulaient en boules hérissées de piquants, et les grandes tortues sages qui rampaient avec lenteur en remuant la tête et en grignotant les jeunes pousses. Oui, il fallait qu'elle vînt jouer avec lui dans la forêt. Il lui abandonnerait son propre petit lit et veillerait jusqu'à l'aube devant la fenêtre pour empêcher que les sauvages bêtes à cornes lui fissent aucun mal, et que les loups faméliques s'approchassent trop près de la cabane. À l'aube il frapperait aux volets pour l'éveiller, et ils sortiraient pour danser tout le jour. Vraiment, rien n'était moins désert que la forêt. Il arrivait qu'un évêque la traversât, monté sur sa mule blanche et lisant un livre enluminé. En bérets de velours vert et justaucorps de daim tanné, leurs oiseaux encapuchonnés sur le poignet, parfois passaient les fauconniers. À la saison des vendanges venaient les fouleurs de raisin, les mains et les pieds empourprés, qui arboraient des couronnes de lierre luisant et portaient des outres dégouttantes de vin ; le soir, les charbonniers assis autour de leurs brasiers immenses contemplaient les bûches sèches se calciner lentement dans le feu et fai-

saient rôtir des marrons ; alors les voleurs sor-
taient de leurs cavernes pour s'esbaudir avec
eux. Un jour, il avait aussi vu une magnifique
procession serpenter sur la longue route pou-
dreuse qui mène à Tolède. En tête venaient les
moines qui chantaient tout bas et portaient des
bannières éclatantes et des croix d'or. Puis, en
armures d'argent, chargés de mousquets et de
piques, s'avançaient les soldats au milieu des-
quels marchaient trois hommes aux pieds nus,
vêtus d'étranges robes jaunes où étaient peintes
toutes sortes de figures fantastiques, et portant
à la main des cierges allumés. Sans aucun doute
il y avait dans la forêt bien des choses à voir,
et quand elle serait fatiguée il lui trouverait un
doux banc de mousse, ou bien il la porterait
dans ses bras car il était très fort, même s'il se
savait de petite taille. Pour elle il fabriquerait un
collier de baies rouges de bryone qui seraient
aussi belles que les baies blanches qu'elle portait sur sa robe, et quand elle en serait lasse elle
les jetterait et il lui en trouverait d'autres. Il
lui apporterait des cupules de glands, des ané-
mones trempées de rosée et de petits vers luisants qui seraient des étoiles parmi l'or pâle de
ses cheveux.

Mais où se trouvait-elle ? Il le demanda à la
rose blanche qui ne lui répondit pas. Tout le

palais paraissait assoupi, et même là où les volets n'avaient pas été fermés, on avait tiré devant les fenêtres de lourds rideaux pour se protéger du soleil. Il erra tout autour, à la recherche de quelque endroit par lequel il pourrait s'introduire, et finit par aviser une poterne qui était restée ouverte. Il s'y faufila et se trouva dans une salle splendide – bien plus splendide que la forêt, il en eut peur, car il y avait bien plus de dorures, et le sol lui-même était fait de larges dalles de couleur qui formaient une sorte de dessin géométrique. Mais la petite Infante n'était pas là, seulement de merveilleuses statues blanches qui le regardaient de haut depuis leurs piédestaux de jaspe. Leurs yeux étaient tristes et vides, sur leurs lèvres flottait un étrange sourire.

À l'extrémité de la salle pendait un rideau de velours noir aux riches broderies que poudraient des soleils et des étoiles – les emblèmes favoris du Roi, brochés sur sa couleur de prédilection. Se cachait-elle derrière ? Il allait en avoir le cœur net.

Le Nain glissa donc silencieusement à travers la pièce et écarta le rideau. Non, il n'y avait là qu'une autre salle, mais plus jolie, lui semblat-il, que celle qu'il venait de quitter. Œuvre de quelque artiste flamand qui avait passé plus de sept ans à sa composition, une tenture verte, en tapisserie au petit point, qui représentait une chasse animée de mille figures, couvrait les murs. C'était, autrefois, la chambre de celui qu'on surnommait *Jean le Fou**, ce roi dément que sa passion pour la chasse poussait parfois, dans son délire, à tenter de monter les énormes chevaux cabrés, d'abattre le cerf sur lequel se jetaient les grands chiens, et, tout en sonnant du cor de chasse, de larder de coups de dague les pâles daims en fuite. On y tenait aujourd'hui les réunions du Conseil, et sur la table centrale étaient posés les portefeuilles rouges des ministres, frappés des tulipes d'or d'Espagne et portant les armes et les emblèmes de la maison de Habsbourg.

Le petit Nain, ébloui, regardait tout autour de lui et avait presque peur d'aller plus loin. Les étranges et silencieux cavaliers qui galopaient si vivement à travers les clairières sans faire aucun bruit lui rappelaient ces redoutables fantômes dont il avait entendu les charbonniers parler : les Comprachos qui ne chassent que la nuit et, s'ils rencontrent un homme, le changent en biche et le forcent. Mais la pensée de la jolie Infante lui rendit courage. Il voulait la trouver seule pour lui dire qu'il l'aimait lui aussi. Peut-être se trouvait-elle dans la pièce suivante.

Il traversa au pas de course les moelleux tapis mauresques et ouvrit la porte. Non ! Elle n'était pas là non plus. La pièce était complètement vide.

C'était une salle du Trône qu'on utilisait pour recevoir les ambassadeurs étrangers lorsque le Roi consentait – ce qui, ces derniers temps, n'avait pas été fréquent – à leur accorder une audience privée ; dans cette même salle, bien des années auparavant, des envoyés étaient venus d'Angleterre préparer les voies du mariage de leur Reine, qui était alors un des souverains catholiques de l'Europe, avec le fils aîné de l'Empereur. Les tentures étaient en cuir doré de Cordoue, et, du plafond noir et blanc, pendait un pesant lustre doré dont les branches pouvaient porter trois cents chandelles de cire. Sous un large dais de drap d'or, où les lions et les tours de Castille étaient brodés en semences de perles, se dressait le trône lui-même, couvert d'une riche étoffe de velours noir, constellée de tulipes argentées et somptueusement frangée d'argent et de perles. Sur la seconde marche du trône était placé l'agenouilloir de l'Infante, avec son coussin de drap tissé d'argent, et encore au-dessous, hors des limites du dais, se trouvait le fauteuil du Nonce pontifical qui seul avait le droit de rester assis en présence du Roi lors de toute cérémonie publique, et dont le chapeau de cardinal, aux glands écarlates enchevêtrés, était posé, en face, sur un *tabouret** pourpre. Au mur, face au trône, était accroché un portrait grandeur nature de Charles Quint en habit de chasse, un grand mâtin à son côté, un tableau représentant Philippe II recevant l'hommage des Pays-Bas occupait le milieu de l'autre mur. Entre les fenêtres se trouvait un cabinet d'ébène noir, incrusté de plaques d'ivoire, sur lequel les personnages de la *Danse macabre* de Holbein avaient été gravés, disait-on, de la main de l'illustre maître lui-même.

Mais le petit Nain n'avait cure de toutes ces splendeurs. Il n'aurait pas échangé sa rose contre toutes les perles du dais, ni un seul pétale de sa rose contre le trône lui-même. Ce qu'il voulait, c'était voir l'Infante avant qu'elle ne regagnât la tente, et lui demander de partir avec lui à la fin de sa danse. Dans le palais, l'air était rare et lourd, mais dans la forêt le vent soufflait en toute liberté, et les rayons de soleil écartaient, de leurs mains d'or vagabondes, les feuilles frémissantes. Il y avait aussi des fleurs dans la forêt, peut-être d'une moindre magnificence que celles du jardin, mais au parfum plus doux ; au début du printemps, c'étaient jacinthes submergeant de vagues pourpres les frais vallons et les tertres herbus ; primevères jaunes qui se nichaient en menues touffes autour des racines torses des chênes ; chélidoines éclatantes, véroniques

bleues, iris lilas et dorés. Il y avait des chatons
gris sur les noisetiers, et les digitales ployaient
sous le faix de leurs corolles mouchetées que
hantaient les abeilles. Le châtaignier avait ses
flèches d'étoiles blanches, l'aubépine ses pâles
lunes de beauté. Oui, à coup sûr elle viendrait
si seulement il parvenait à la trouver ! Elle par-
tirait avec lui dans la riante forêt, et tout le jour
il danserait pour son ravissement. À cette idée,
un sourire fit étinceler ses yeux. Il pénétra dans
la pièce suivante.

Entre toutes les pièces, celle-ci brillait par
sa magnificence. Les murs étaient couverts
d'un damas de Lucques à fleurs roses, agré-
menté d'oiseaux et semé de délicats fleurons
d'argent ; les meubles, d'argent massif, étaient
festonnés de guirlandes à fioritures et de cupi-
dons sur des balancelles ; face aux deux chemi-
nées se trouvaient deux larges écrans brodés
de perroquets et de paons, et le sol, qui était
d'onyx vert marin, paraissait s'étendre fort
avant dans le lointain. Aussi, il n'était plus seul.
Debout dans l'ombre de la porte, à l'extrémité
de la pièce, il vit un personnage de petite taille
qui l'observait. Son cœur tressaillit, un cri de
joie s'échappa de ses lèvres, et il s'avança dans
la lumière. En même temps qu'il bougeait, le
personnage s'avança lui aussi, et il le vit distinc-
tement.

L'Infante ! Mais c'était un monstre, le plus grotesque monstre qu'il eût jamais contemplé. Non pas convenablement tourné, comme les autres gens, mais bossu, les membres difformes, avec une énorme tête dodelinante et une mèche de cheveux noirs. Le petit Nain fronça le sourcil, et le monstre en fit autant. Il rit et le monstre rit de concert, les mains posées sur les hanches, exactement comme lui. Il fit une révérence moqueuse, et en retour on le salua très bas. Il s'avança vers le monstre, et le monstre vint à sa rencontre, copiant le moindre de ses pas et s'arrêtant quand lui-même s'arrêtait. Le Nain poussa un cri amusé, se précipita et tendit la main. La main du monstre toucha la sienne, elle était froide comme de la glace. Il prit peur et bougea la main de côté, la main du monstre la suivit promptement. Il tenta d'aller plus avant, mais quelque chose de lisse et de dur l'en empêcha. Le visage du monstre était maintenant tout proche du sien, et il paraissait plein de terreur. Le Nain écarta les cheveux qui lui encombraient les yeux. Le monstre l'imita. Il le frappa, l'autre rendit coup pour coup. Il le prit en horreur, et l'autre lui fit des grimaces hideuses. Quand il recula, l'autre battit en retraite.

« Qui est-ce ? » se demanda-t-il un moment, et il parcourut du regard le reste de la pièce.

Bizarrement, chaque objet semblait avoir un double en cet invisible mur d'eau limpide. Oui, tout était répété, tableau pour tableau, divan pour divan. Le Faune endormi qui était étendu dans l'alcôve près de l'entrée possédait un jumeau ensommeillé, et la Vénus d'argent qui se dressait dans la lumière tendait les bras à une Vénus aussi jolie qu'elle.

Était-ce donc Écho ? Il l'avait appelée, un jour, dans la vallée, et elle lui avait répondu mot pour mot. Pouvait-elle railler la vue comme elle avait raillé la voix ? Avait-elle le pouvoir de créer un monde mimétique tout semblable au réel ? L'ombre des choses pouvait-elle recevoir couleur, vie, mouvement ? Pouvait-il s'agir de cela… ?

Il eut un frisson et, tirant de sa poitrine la magnifique rose blanche, il se retourna, la baisa. Le monstre avait une rose à lui, la même, pétale pour pétale ! Il la baisait des mêmes baisers, et la pressait contre son cœur avec des gestes atroces.

Lorsque la vérité lui apparut, il poussa un sauvage cri de désespoir et s'effondra en sanglotant. Ainsi, c'était lui le difforme, le bossu, l'affreux, le grotesque. Le monstre, mais c'était lui, lui dont les enfants avaient ri, tout comme la petite Princesse dont il avait cru être aimé quand elle n'avait fait que moquer sa hideur et se gausser de ses membres cagneux. Pourquoi ne l'avait-on pas laissé dans la forêt, où n'existait aucun miroir pour lui dire quel dégoût il inspirait ? Pourquoi son père ne l'avait-il pas tué, au lieu de le vendre pour sa honte ? Les chaudes larmes coulèrent le long de ses joues ; il déchiqueta la rose blanche. Le monstre vautré fit de même et dispersa les délicats pétales avant de se mettre à ramper. Il se traînait au sol et, quand le Nain le regardait, le considérait avec un visage tiré par la douleur. Le Nain s'écarta afin de ne plus avoir à contempler le monstre, et il se couvrit les yeux de la main. Comme une bête blessée, il se traîna jusque dans un coin sombre où il se coucha en gémissant.

À cet instant, l'Infante et ses compagnons firent leur entrée par la porte-fenêtre ouverte. Quand ils virent l'affreux petit Nain, étendu par terre, qui, de la façon la plus extravagante et la plus outrée, frappait le sol de ses poings crispés, ils éclatèrent en rires tonitruants et gais, et l'entourèrent pour mieux le regarder.

« C'était un danseur amusant, dit l'Infante, mais comme acteur il est encore plus drôle. Vraiment, il est presque aussi bon que les marionnettes, même s'il n'a pas leur naturel, bien sûr ! » Et elle agita son grand éventail puis battit des mains.

Mais le petit Nain ne leva jamais les yeux, ses sanglots se firent de plus en plus faibles, soudain il eut un halètement étrange et porta vivement la main à son côté. Puis il retomba en arrière et ne bougea plus.

« C'est parfait, dit l'Infante, mais maintenant il faut que tu danses pour moi.

— Oui, s'écrièrent les enfants, il faut que tu te relèves et que tu danses, car tu es aussi malin que les singes de Barbarie, et encore plus ridicule. »

Mais le petit Nain ne remuait plus.

L'Infante tapa du pied et héla son oncle qui arpentait la terrasse en compagnie du Chambellan, lisant des dépêches tout juste arrivées du Mexique où l'on venait d'installer le Saint-Office. « Mon drôle de petit Nain fait la tête, s'écria-t-elle, il faut le réveiller et lui dire de danser pour moi. »

Les deux hommes échangèrent un sourire et pénétrèrent nonchalamment dans la pièce. Don Pedro se baissa et, de son gant brodé, frappa le Nain au visage. « Il faut que tu danses, dit-il, *petit monstre**. Il faut que tu danses. L'Infante d'Espagne et des Indes veut qu'on l'amuse. »

Mais le petit Nain ne remuait plus.

« Il faudrait envoyer chercher un maître fouettard », dit d'un ton las Don Pedro qui retourna sur la terrasse. Mais le Chambellan, l'air grave, s'agenouilla au côté du petit Nain et posa la main sur son cœur. Après un instant il haussa les épaules, se releva, s'inclina très bas devant l'Infante et dit :

« *Mi bella Princesa*, votre drôle de petit nain ne dansera plus jamais. C'est bien dommage car il est si laid qu'il aurait pu faire sourire le Roi.

— Mais pourquoi ne dansera-t-il plus ? demanda l'Infante en riant.

— Parce qu'il a le cœur brisé », répondit le Chambellan.

L'Infante fronça les sourcils, et ses mignonnes lèvres en bouton de rose se plissèrent en une délicieuse moue de dédain. « À l'avenir, veillez à ce que mes compagnons de jeu n'aient pas de cœur », s'écria-t-elle, et, prenant ses jambes à son cou, elle s'élança dans le jardin.

Composition Nord Compo
Impression Novoprint
à Barcelone, le 11 janvier 2018
Dépôt légal : janvier 2018
Premier dépôt légal dans la collection : décembre 2014

ISBN 978-2-07-046266-7./Imprimé en Espagne.

331397